Ahora y en la hora

Héctor Abad Faciolince

Ahora y en la hora

Papel certificado por el Forest Stewardship Council®

Primera edición: mayo de 2025
Primera reimpresión: junio de 2025

© 2025, Héctor Abad Faciolince
© 2025, Penguin Random House Grupo Editorial, S. A. S.
Carrera 7 # 75-51, piso 7, Bogotá, D. C., Colombia
© 2025, Penguin Random House Grupo Editorial, S. A. U.
Travessera de Gràcia, 47-49. 08021 Barcelona

Imágenes interiores:
© Maryna Marchuck, pág. 51
© Sergio Jaramillo, págs. 68 y 218
© Serguiy Hnezdilov, pág. 78
© Marta Grinshtein, pág. 88
© @vamelina en X, págs. 106 y 134
© Héctor Abad Faciolince, págs. 107 y 108
© Victoria Amélina, pág. 109
© Catalina Gómez, pág. 110
© @DefenceU en X, pág. 130
© Eddy van Wessel, pág. 145

© Diseño: Penguin Random House Grupo Editorial, inspirado en un diseño original de Enric Satué

Penguin Random House Grupo Editorial apoya la protección de la propiedad intelectual. La propiedad intelectual estimula la creatividad, defiende la diversidad en el ámbito de las ideas y el conocimiento, promueve la libre expresión y favorece una cultura viva. Gracias por comprar una edición autorizada de este libro y por respetar las leyes de propiedad intelectual al no reproducir ni distribuir ninguna parte de esta obra por ningún medio sin permiso. Al hacerlo está respaldando a los autores y permitiendo que PRHGE continúe publicando libros para todos los lectores. De conformidad con lo dispuesto en el artículo 67.3 del Real Decreto Ley 24/2021, de 2 de noviembre, PRHGE se reserva expresamente los derechos de reproducción y de uso de esta obra y de todos sus elementos mediante medios de lectura mecánica y otros medios adecuados a tal fin. Diríjase a CEDRO (Centro Español de Derechos Reprográficos, http://www.cedro.org) si necesita reproducir algún fragmento de esta obra.
En caso de necesidad, contacte con: seguridadproductos@penguinrandomhouse.com

Printed in Spain – Impreso en España

ISBN: 978-84-10496-31-6
Depósito legal: B-4731-2025

Impreso en Unigraf, Móstoles (Madrid)

AL96316

A Alexandra, que me salva de morir

[...] como los cisnes, que una vez se dan cuenta de que tienen que morir, aunque antes también cantaban, cantan entonces más que nunca y del modo más bello, llenos de alegría porque van a reunirse con el dios del que son siervos.
PLATÓN (por boca de Sócrates),
Fedón, 84b

Las historias deben salvarse como sea, saltar de un cuerpo casi muerto a otro cuerpo vivo. Es su última oportunidad.
VICTORIA AMÉLINA,
Un hogar para Dom

Está escrito que el hombre que se expone voluntariamente a un peligro comete un pecado. La vida es un regalo.
JOSEPH ROTH,
en carta a Stefan Zweig, 1933

Cansa ya que se diga que la vida es un viaje o una escondida senda llena de caminos no trazados que sin pensar uno toma, errático y sin rumbo. Sin embargo, aunque canse, que la vida sea un viaje no es del todo mentira, por corto que sea o por mucho que se extienda. De su longitud, al nacer, no sabemos nada, ni tampoco en esa adolescencia que intenta adivinar el futuro leyéndose en la mano la línea de la vida. Todo viene a saberse tan solo con el paso del tiempo, si uno se muere pronto o tarde, si padece accidentes, si tiene enfermedades o si lo matan antes. A algunos nos llega un momento de la vida, cuando esta se alarga lo suficiente, en que podemos saber que el propio viaje no será corto. Tengo la misma edad, sesenta y cinco años, que tenía mi padre cuando lo mataron. En ese año, 1987, yo tenía veintiocho, y aunque él no me parecía viejo, tampoco podría decir que me parecía joven. Mi papá llevaba casi un lustro diciendo que ya había vivido suficiente y que se podía morir tranquilo en cualquier momento. Mi madre, en cambio, se murió de mal de arrugas, encorvada como un tres, como decía el poeta Pombo, a los noventa y seis años, pero ella nunca tuvo suficiente vida. Quería siempre más; anhelaba llegar, como mínimo, a los cien años. En todo caso a nadie se le ocurriría negar que tuvo una vida larga, un largo viaje, así a ella no le haya bastado.

Incluso una existencia corta sería demasiado larga para contarla completa. Cuando lo he intentado, en otras ocasiones, apenas me han salido unas cuantas escenas que, bien o mal, pretenden representar lo más sobresaliente de la biografía de un personaje. En poesía este procedimiento se llama sinécdoque, la parte por el todo. De hecho, como dice Isaac Bashevis Singer, «es imposible escribir la verdadera historia de la vida de una persona. Supera el poder de la literatura. El relato completo de cualquier vida sería absolutamente aburrido además de absolutamente increíble». Tampoco un viaje, por corto que sea, se puede contar por entero, con sus noches y sus días, sus desvelos, pesadillas, sueños, madrugadas, ayunos y comidas, conversaciones serias, frívolas, intrascendentes, fugaces.

De todos modos, siento la necesidad de contar, hasta donde sea capaz, un breve viaje que hice dentro del largo viaje de mi vida, pues sé que este marcará para siempre los años que me queden por vivir. Alexandra, mi mujer, dice a veces, cuando está de mal genio, que ya no hay nada que hacer, que si yo quiero lo cuente porque está hecho, pero que este viaje mío a Ucrania —que parecía apenas un pequeño desvío intrascendente—, lo cuente o no lo cuente, nos jodió la vida para siempre.

*

Se me ocurre que tal vez hice este viaje, y escribo sobre él, para ver si al fin vuelvo a sentirme joven, vivo. Pero haberlo hecho, antes, y ahora escribirlo, en cambio, me hacen sentir mucho más muerto que nunca, al borde de la muerte, y quizá por eso mismo, desde mi regreso, y desde que me obstino en contar lo que viví, más que vivir, agonizo cada día.

Apago la luz y en la penumbra completa, con los ojos abiertos, vuelvo a ver la oscuridad, la niebla de la guerra, el humo, la ceguera, el polvo. La ingenua tranquilidad que antecede al estruendo, el silencio absoluto que sigue a la explosión, y los gritos que llegan, el miedo, el horror, los horrores. Veo a Victoria Amélina, que me sonríe desde el puesto que le he cedido, su larga melena rubia que se arquea como el cuello de un cisne, la leve ironía dibujada en la boca. Fue lo último que vi, su sonrisa fantasmal y triste, lo último que veo antes de desplomarme en el pozo del sueño. Me despierto siete horas después, me tomo las pastillas (hipertensión, dislipidemia, gastritis, asma, coágulos, desdicha), me hago mi café, voy al escritorio, respiro hondo. Cada día, para mí, es otra página que pasa. Abro mi cuaderno negro, aliso su primera hoja con la mano, aprieto con tres dedos el bolígrafo de tinta azul que tengo al lado, y voy escribiendo, al tiempo que me fuerzo a exprimir mi memoria, esa que, por suerte, me quiere abandonar. Mi más querido aliado, siempre, es el olvido.

*

No sé bien si por estrés postraumático, o por miedo a seguir escribiendo algo que solo me produce tristeza y angustia, caigo en una especie de depresión cargada de apatía cada vez que me obligo a recordar lo vivido y a escribir algo más que me sirva para entender yo —y quizá para que los demás entiendan— la realidad de esa guerra infame en un país invadido, arrasado, deshecho. Ucrania, ese país al que secularmente se le había impedido ser lo que quería ser, que había sufrido ya demasiadas veces en su historia el dominio, la invasión, el exterminio y la destrucción sistemáticas de las distintas potencias que la rodean (Rusia, Austria, Alemania, Polonia, hasta Lituania). Aunque siento el deber, la obligación moral de escribir mucho más sobre mi experiencia en Ucrania, sobre la escritora que murió en mi lugar y mis compañeros de viaje, sobre el sufrido pueblo ucraniano que una vez más está padeciendo el terror y los crímenes de la invasión rusa, me siento incapaz de hacerlo, y sobre todo de hacerlo bien.

Cuando aprieto el bolígrafo con mis tres dedos, cuando me siento ante la página en blanco de la pantalla, tengo la angustiosa sensación de que el don de la lengua, el don de la escritura, me han abandonado: dudo de la ortografía más elemental (la ve de vaca, la be de burro, la zeta de mis zapatos, la hache de mi nombre), me equivoco con las concordancias de género y número, escribo períodos ilógicos, párrafos cuya idea principal se va disolviendo en digresiones inútiles, en paréntesis que se bifurcan en incisos, para acabar en algo que no tiene ni pies ni cabeza y donde los *non sequitur* se suceden uno tras otro.

Yo que antes me estremecía de dicha cuando en la soledad de mis libretas encontraba una palabra, o mejor, cuando esta venía a mi encuentro, amigable, saltarina y precisa como un animal manso que se acerca a lamer la sal de mis manos; yo que antes creía poder bailar con las palabras, como un bailarín experto cuyos pasos de danza le salieran sin pensarlo, ahora me siento paralizado, incapaz siquiera de hilar tres o cuatro en una frase sencilla. Antes era como si alguien me las dictara y yo las fuera uniendo unas con otras, aladas y eficaces, con la belleza de algo que no te enorgullece porque no sientes tuyo, porque lo sabes ajeno, y que no pesaba ni parecía nunca un esfuerzo o un trabajo. Pero ahora, en cambio, ya no vienen a mi encuentro, ya no es un placer jugar libre y espontáneamente con ellas, tengo que buscarlas, arrancarlas a la fuerza de un nudo inextricable que no sé dónde está y del que no se quieren separar, tengo que escarbar en los meandros más opacos de mi mente, tengo que preguntarles a otros por ellas (¿cómo se dice eso que se siente cuando uno es incapaz de levantarse?) o buscarlas en los diccionarios, ciego y a tientas, como si el lenguaje ya no pudiera ser un fiel reflejo del pensamiento y de las sensaciones, y se me hubiera escondido detrás de un biombo oscuro, de una muralla infranqueable que me prohíbe el acceso a ese lugar de donde antes las palabras surgían como un manantial limpio, leal, generoso, constante. Un músico sordo, un pintor ciego al que le llevan la mano, un atleta mutilado, un violinista manco, un cocinero que ha perdido el gusto y el olfato…, o lo más grave para mí, un escritor al que su único don, la lengua, las palabras, se le escurren y esfuman, vaporosas y vagas, agazapadas en un lugar inaccesible de la mente. O algo peor, como si ese lugar íntimo de mi cerebro donde estaba el lenguaje se hubiera atrofiado y hubiera desaparecido para siempre.

*

A mediados de 2023 yo debía ir de Medellín a Madrid y, dentro de ese viaje a España, ir también a Grecia, a un bonito festival literario, LEA, que organiza en Atenas una amiga mía, Adriana Farsaris. Desde Grecia, pensé, sería más corto el salto a otro sitio donde me había comprometido a ir: Ucrania, pasando por Polonia. En Ucrania el plan consistía en ir solamente a un destino, a la Feria del Libro del Arsenal, en Kyiv, y tan solo una tarde. Eso que en música se dice una *toccata e fuga*. Siendo Ucrania un país en guerra y parcialmente invadido, mi mujer y mi hijo no sentían ningún entusiasmo de que yo hiciera ese viaje. Mi hijo, siempre lacónico, había dicho solo: «¿A Ucrania?». Mi mujer me había llamado aparte: «Ya sé que vas a ir, pero quiero que sepas que no estoy de acuerdo y que si vas me estás haciendo daño». A mi hija le parecía interesante. Tranquilicé a los primeros, sin embargo, porque sería algo muy breve, de apenas tres días.

El plan era este: primer día, viernes 23 de junio, vuelo de Atenas a Rzeszów, donde me encontraría con dos personas: Maryna Marchuk, una de mis editoras en ucraniano, y Sergio Jaramillo, el muy inteligente y culto negociador internacional. Ellos dos llegarían a Polonia casi a la misma hora; él desde Bruselas y ella de Sevilla. De Rzeszów iríamos por carretera hasta la frontera con Ucrania, un poco más al oriente, desde donde saldríamos en el tren nocturno que va desde la estación de Przemyśl hasta la capital ucraniana, viajando toda la noche. El segundo día, sábado 24, después de instalarnos en el hotel, dedicaríamos la mañana y las primeras horas de la tarde a conocer un poco Kyiv, y al final de la tarde iríamos a los dos eventos de la feria: una firma de mi libro traducido y la presentación de la campaña *¡Aguanta, Ucrania!*, con Sergio, el fundador del movimiento, y con Catalina Gómez, una vieja amiga que llevaba ya casi un año viviendo en Ucrania como reportera de guerra y actuaría como moderadora. En este evento conocería a la joven novelista y poeta de Leópolis, Victoria Amélina.

El domingo tendríamos el día libre y por la noche, después de visitar museos, plazas e iglesias, de husmear en anticuarios y librerías, iríamos a una obra de teatro en inglés, *Amor en tiempos de guerra*, montada por la compañía de mi otra editora ucraniana, y también actriz, Anabell Sotelo Ramires. El lunes Sergio tenía citas en algunos ministerios; yo iría a librerías de viejo, al museo de Bulgákov, y, al anochecer, carrera a la estación central y viaje de regreso a Polonia en el mismo tren nocturno y lento que atraviesa la mitad occidental de Ucrania. Ese sería el fin de la aventura: manifestar la solidaridad con un país en guerra, compartir algunas emociones literarias, mostrar nuestra pequeña medida de compromiso político con las víctimas injustamente masacradas por Putin y, en últimas, hacer un viaje corto en el que correríamos muy pocos riesgos.

*

Un año y medio antes, el 24 de febrero de 2022, las tropas al servicio del líder supremo de la Federación Rusa, Vladímir Putin, habían emprendido una invasión masiva e ilegal contra un país soberano e independiente: Ucrania. Varias divisiones del ejército ruso con cientos de miles de soldados, con decenas de miles de vehículos militares y tanques de guerra, apoyados por aviones, helicópteros y barcos, atacaron este país por tierra, mar y aire desde tres frentes distintos: la frontera con Bielorrusia, en el norte, hacia Kyiv; Crimea, en el sur, hacia Odesa, y desde la región del Donbás en el este, hacia Járkiv. Este ataque masivo de Putin a Ucrania fue bautizado por él, con su cinismo característico, no como lo que era, una invasión y una guerra de aniquilación y conquista imperial, sino como una simple «Operación Militar Especial», con el propósito de «desnazificar» a Ucrania. Las mentiras, cuanto más grandes son (esta idea de Goebbels ha tenido gran éxito), menos se pueden negar y más tiende a creerlas la gente.

Ese 24 de febrero marcó el comienzo del más devastador y mortífero conflicto bélico que ha habido en Europa en ochenta años, desde el final de la Segunda Guerra Mundial. A partir de esa fecha y hasta el momento en que escribo esto, ha habido centenares de miles de muertos entre los militares de lado y lado. Han caído decenas de miles de civiles ucranianos inocentes (en su mayoría niños, mujeres y ancianos) en operativos indiscriminados y criminales de los invasores, que han destruido escuelas, hospitales, estaciones de tren, aeropuertos, centros comerciales, presas hidroeléctricas e instalaciones generadoras en cercanías de plantas nucleares. A esta tragedia se suman dieciséis millones de ucranianos —poco menos de la mitad de sus cuarenta y un millones de habitantes— desplazados de sus hogares (la mitad refugiados en el extranjero, especialmente en Europa occidental, y la otra mitad, en otros lugares de la misma Ucrania).

No fue en esa fecha nefasta, sin embargo, cuando empezó mi relación e interés particular por Ucrania. Dos años y medio antes, yo ya tenía un motivo personal, mucho más que geopolítico o ideológico, para sentirme cercano a ese lejano país, y para tener deseos de ir a conocerlo, comprenderlo y recorrerlo algún día. Mi motivo, tan humano como literario, tuvo en su origen un nombre muy colombiano, Macondo, y estaba representado por las cartas y las caras de dos jóvenes entusiastas, risueñas, inteligentes, muy buenas lectoras, una de ellas actriz y la otra filóloga: Anabell Sotelo Ramires y Maryna Marchuk.

El 2 de agosto de 2019 llegó a mi buzón de correo una carta, la primera que recibía en la vida desde ese país tan ajeno y desconocido para mí, desde esa Ucrania que entonces no sospeché que llegaría a ser una especie de amor tardío, una espina clavada para siempre en lo más íntimo y personal de mi vida. La carta venía firmada por la directora de un proyecto editorial recién nacido, y decía así:

> *Buenas tardes, estimado señor Héctor:*
> *Me llamo Anabell, soy editora de Kyiv, Ucrania.*
> *Hace un par de meses hemos abierto una editorial que se especializa en la literatura iberoamericana. Hasta ahora tenemos publicado sólo un libro:* Don Casmurro *de Machado de Assis.*
> *Ayer acabé la lectura de su libro* El olvido que seremos *e inmediatamente se me ocurrió la idea de publicarlo aquí, en Ucrania. Es una historia que, según mi parecer, representa tanta humanidad y cariño, que los ucranianos tienen que tener acceso para leerla, especialmente ahora.*
> *Estaría muy agradecida si Usted me respondiera y me contara las condiciones bajo las cuales podríamos difundir su libro en ucraniano.*
> *Me despido de Usted con mucho respeto.*
> *Sinceramente,*
> *Anabell Sotelo Ramires*
> *Directora de la Editorial Macondo*
> *Kyiv, Ucrania*

Era una carta tan directa y sencilla, al mismo tiempo tan espontánea y bonita, que no dudé en contestarle que sí a Anabell, que avanzáramos en su propuesta. Las condiciones, le pedí a mi agente, debían ser las menos onerosas posibles, solo los gastos de la agencia para manejar un nuevo contrato internacional, y nada más. Salir publicado en Ucrania después de Machado de Assis, quizá el más grande escritor brasileño de todos los tiempos, un narrador al que venero por su humor y por su inteligencia, me parecía un gran honor y un augurio extraordinario.

Que dos jóvenes abrieran una editorial en un país parcialmente invadido y martirizado por Rusia[1] era, además, un acto muy valiente, de pura resistencia cultural y con muy pocas posibilidades de éxito. Como yo también había emprendido con mi mujer en 2016 un pequeño proyecto editorial parecido en Colombia, me puse muy feliz de formar parte de una aventura literaria tan hermosa como descabellada.

Tras llegar fácilmente a un acuerdo, Anabell y su socia en la editorial, Maryna Marchuk, fueron avanzando en la traducción. El 4 de marzo de 2020, recibí una segunda carta de Anabell:

> *Estimado Héctor:*
>
> *Después de medio año vuelvo a Usted para decirle que ya estamos trabajando en la edición de su libro en ucraniano.*
>
> *Me gustaría agradecerle por la confianza que Usted tuvo con nuestra editorial.*
>
> *Además, me gustaría pasarle la invitación que viene de nuestro lado y el de la feria de libros Book Space que anualmente se hace en la ciudad Dnipró, Ucrania. Este año el festival tendrá lugar los días 29-31 de mayo.*
>
> *Tiene una parte de su programa dedicada a la Tierra incógnita, o sea, a los escritores y las obras de los países poco conocidos en Ucrania. Sería interesante organizar un evento (o varios) durante ese festival dedicado al tema de la memoria y contar con su presencia.*

---

[1] Desde 2014, no solo Crimea había sido arrebatada por Putin a los ucranianos (matando o desterrando a sus más viejos pobladores, los tártaros), sino que también buena parte de las provincias de Donetsk y Luhansk, en el este de Ucrania, habían sido desestabilizadas gracias a la unión de separatistas locales prorrusos con paramilitares del Grupo Wagner enviados por el zar, pero con quienes el zar negaba toda relación.

> *Además, podríamos organizar la presentación del libro en Kyiv, la capital. La feria cubre todos los gastos de transporte, alojamiento, etc. Quisiera saber si tal viaje puede ser interesante para Usted.*
> *En espera de su respuesta,*
> *Anabell Sotelo Ramires*
> *Directora de la Editorial Macondo*
> *Kyiv, Ucrania*

Era interesante, era complementario, que también Colombia resultara *tierra incógnita* para los ucranianos. Acepté ir, pero, como todos sabemos, ese mismo mes de marzo de 2020 el mundo entró en la devastadora crisis de la pandemia y todo se cerró. Estuvimos confinados en nuestros países, en nuestras ciudades, algunos apenas en una habitación. El Festival de Dnipró se tuvo que cancelar y los eventos culturales, en Ucrania y en el mundo entero, fueron postergados para mejores tiempos. (En ese entonces yo no podía siquiera imaginar que precisamente un hospital de esa misma ciudad, Dnipró, sería el lugar en el que iba a concluir la parte más desoladora de esta historia).

Como esos mejores tiempos no parecían llegar nunca, y como la edición ucraniana de mi libro se publicó por los meses en que el coronavirus arreciaba, Anabell volvió a la carga con otra propuesta, esta vez para participar, virtualmente, en una charla durante un festival organizado por el Publisher's Forum de Leópolis. Fue durante ese Book Forum de Leópolis, en septiembre del año 20, cuando vi por primera vez, aunque solo por pantalla, a las dos chicas de la Editorial Macondo, que en esos meses había cambiado su nombre a Editorial Compás. (Tampoco sabía yo entonces que esa misma ciudad, Leópolis, sería el origen y el final de la parte más desoladora de esta historia).

Cuando las vi en la pantalla desde mi encierro en Medellín, tan frescas y sonrientes, Maryna rubia y Anabell morena, saludándome desde el otro lado del mundo, me sorprendió lo jóvenes que eran, mucho más jóvenes que mis propios hijos. Yo no lo sabía, pero cuando Anabell me había escrito por primera vez un año antes, tenía solamente veinticuatro años, y Maryna, su socia, apenas veintitrés.

Las preguntas eran inteligentes, su actitud era de inquebrantable entusiasmo; su apuesta literaria, una locura sin ningún futuro comercial, y no obstante, también una apuesta por la alegría y la esperanza en un país que defendía orgullosamente, con herramientas vitales y culturales, una independencia y una identidad recuperadas hacía menos de treinta años, muy poco tiempo, pero todo el tiempo de la vida de ellas dos. Conversar con Anabell y Maryna una hora o poco más me produjo uno de los momentos más agradables y consoladores de esos meses de confinamiento.

Poco después, el 24 de febrero de 2021 (un año antes de la invasión rusa), Maryna volvió a invitarme a otra presentación virtual, esta vez con motivo del Book Space de Dnipró. Pasaron las semanas y los meses y luego, en octubre, en la fecha de mi cumpleaños, recibí el mejor regalo del día (esta vez involuntario) de Anabell y Maryna:

Estimado Héctor:
Tenemos una noticia enormemente agradable.
En Cherkasy, una ciudad ucraniana, estos días se celebra la Feria del Libro, una de las cuatro mayores de nuestro país. Durante la feria ha tenido lugar el concurso de «Mejor Libro del Año» y su libro El olvido que seremos *obtuvo el premio «mejor libro extranjero traducido al ucraniano en 2021».*
Esperamos que le agrade la noticia y que tenga un buen día.
Cordialmente,
Anabell y Maryna
Editorial Compás

Después de esta buena noticia (la vida es un columpio de contrastes) nuestra correspondencia se fue alejando de la literatura para teñirse de angustia, de peligro y temor.

Desde las líneas fronterizas entre Rusia y Ucrania no dejaban de llegar señales ominosas de que algo grave iba a pasar, por mucho que Putin asegurara una y otra vez que no tenía intenciones de agredir a nadie, y mucho menos a un país hermano con el que compartía siglos de nexos históricos. Un gigantesco ejército invasor parecía estarse aglomerando en las fronteras, y no para «ejercicios militares de rutina», como aseguraba el hipócrita presidente ruso. Yo les escribí a mis nuevas amigas el 20 de enero de 2022, un mes antes de la invasión rusa, preocupado por ellas y por lo que pudiera pasarle a su país con un vecino tan malo:

Queridas Anabell y Maryna:
Estoy muy preocupado por ustedes y por la situación en la frontera. Supongo que todo es muy tensionante para la gente. ¿Qué me pueden contar? Son difíciles los tiempos que vivimos, y más en Ucrania. Lo siento mucho. Un abrazo cariñoso,
Héctor

Curiosamente, Anabell me contestó con mucha tranquilidad. No parecía creer que el horror se acercara. Ella pensaba que los medios de comunicación, tan propensos a alarmar a las personas, estaban exagerando un poco. Yo quise creer que fuera así. Un mes después, el 23 de febrero, poco antes del principio de la supuesta *blitzkrieg* de Putin, la guerra relámpago que ganaría en un par de meses, les volví a escribir.

Queridas Maryna y Anabell:
Como ustedes son mis únicas amigas ucranianas, es más, las únicas personas ucranianas que conozco, les vuelvo a escribir. Estoy preocupado por la situación de su país, y por las afirmaciones absurdas de Putin sobre el «genocidio» que los «nazis» de Ucrania estarían cometiendo contra los ucranianos de lengua rusa. Todo me parece triste, angustioso y preocupante.

La última vez que les escribí ustedes me tranquilizaron bastante, e incluso me dieron a entender que creían que todo estaba un poco inflado por los medios de comunicación. Sin embargo, yo siento que la tensión crece cada día, y teniendo a un hombre tan poco equilibrado como Putin al otro lado de la frontera, diciendo esas mentiras sin sentido, me parece que cualquier cosa podría pasar.

Me interesaría saber ustedes cómo lo ven, pues son mi único contacto con este pedazo del mundo que ahora me inquieta tanto. Siempre seguiré muy agradecido con la traducción que hicieron de mi libro. Es algo que en la actual Rusia nunca me pasó ni me podría pasar.

Un abrazo grande y el cariño de
Ektop

Al amanecer del día siguiente empezó la invasión, y la respuesta de Anabell, desde Kyiv, la misma tarde del 24 de febrero, la escribía ya desde la conmoción del estado de guerra y ahora sobresaltada por el sonido de las bombas:

Querido Héctor:
Ante todo, gracias por estar con nosotros en este momento tan duro. Me he despertado escuchando los sonidos de las explosiones y ha sido una experiencia que no puedo describir. Ahora la situación en la que estamos es así: esperamos lo mejor, pero estamos preparados para lo peor. No hay pánico, pero la gente está preocupada y sin saber qué hacer de verdad, solo apoyar a nuestro ejército y difundir la palabra sobre la invasión rusa entre la comunidad mundial.

Ahora lo único que quisiéramos sería poder escribirle otra carta en la que le contamos que todo ha vuelto a su rumbo. Ojalá así sea.

Además, le quiero agradecer una vez más por su libro, ahora está conmigo y me da mucha fe y fuerza.

Gracias otra vez por su apoyo.
Un abrazo muy fuerte,
Anabell

Maryna, que tuvo la suerte de encontrarse en Sevilla en el momento de la invasión, me escribía lo siguiente el día 28 de febrero:

> *Любий Ектор:*
> *Ante todo, déjanos decirte que estamos conmovidas por tus correos y tu continuo apoyo.*
> *Nosotras y nuestras familias estamos relativamente bien. Yo sigo en Sevilla, muy pendiente de mi familia, que pudo abandonar Kyiv y refugiarse en un pueblo tranquilo. Anabell, en cambio, todavía se encuentra en Kyiv, refugiada con sus amigos y vecinos del barrio en un sótano que antes les servía de teatro. Se sienten fuertes y útiles, cada uno a su manera.*
> *Es muy importante que América Latina también esté de nuestro lado. Es por eso que apreciamos tanto tu postura. La verdad es que esperamos que más intelectuales latinoamericanos se expresen. Mientras tanto, te pido el permiso de traducir tu último artículo, «¡Ucrania existe!», al ucraniano y difundirlo entre nuestros lectores.*
> *Un abrazo muy fuerte de agradecimiento infinito. Juntos venceremos esta oscuridad.*
> *Maryna*

Desde que empezó la invasión rusa en toda regla, aquel 24 de febrero, yo no hacía más que leer obsesivamente noticias sobre Ucrania. Escribí una y otra vez artículos sobre el tema y los mandé a *El Espectador*, periódico en el que publico mi columna semanal, y a otros medios en español. Mi interés había nacido, en un principio, gracias a esas dos jóvenes editoras que aún no conocía personalmente, pero ahora me daba cuenta de que esa terrible violación de la ley internacional, y el inaudito intento por destruir un país independiente que se había negado a obedecer a su vecino más grande y poderoso, era algo de vital importancia y de extremo peligro para el mundo entero y para todos aquellos que creemos en la democracia y en la libertad. La valiente actitud de Zelenski (que no había aceptado el avión que Biden le ofreció para abandonar el país con su familia, pidiéndole en cambio armas para defenderlo) y la resistencia heroica del ejército ucraniano me llenaban también de orgullo y esperanza.

En esos primeros meses de la invasión ocurrió algo que nadie se esperaba: el todopoderoso ejército invasor no conseguía arrasar y en muchos casos se veía obligado a retroceder para no ser destruido completamente. Ucrania se defendía con una audacia, un valor y un ingenio inesperados. Uno de los ejércitos más poderosos de la Tierra fallaba en su mal disimulado intento de tomar la capital, Kyiv, matar o derrocar al gobierno elegido democráticamente y volver a convertir a Ucrania en una colonia o en otra supuesta república asociada a su forzada federación (la «Pequeña Rusia», como les gustaba llamarla despectivamente).

*

En esos días iniciales de la invasión, supe que Anabell y su compañero, Alex Borovenskiy, el director del English Theatre de Kyiv, ya no solo se estaban refugiando durante las alarmas en el sótano de su teatro, sino que habían tenido que irse a vivir allí, en el sitio donde antes hacían sus funciones teatrales. Un espacio bajo tierra podía ser un refugio improvisado contra los bombardeos rusos que no cesaban. Y en este caso ellos no eran los únicos que se resguardaban ahí, sino también algunos de sus vecinos, a quienes habían invitado a usar su sótano como refugio, pues parecía que en cualquier momento los tanques de Putin podían entrar victoriosos en la capital. A veces Anabell me mandaba alguna foto del sitio, y me contaba cómo, para pasar el tiempo, organizaban lecturas colectivas de los libros publicados por la Editorial Compás, incluyendo algunos trozos del mío.

Pocas semanas después, cuando Ucrania ya había conseguido repeler con éxito la primera oleada de la invasión (una derrota monumental para Rusia, que Putin nunca ha reconocido), montaron una obra de teatro, *El libro de las sirenas*, inspirada en la novela de Markus Zusak *La ladrona de libros*. La única actriz de la representación, estrenada en el mismo sótano y aún bajo el ruido de las bombas, era Anabell. Ella, sacando fuerzas y valor de donde no los tenía, recitaba su monólogo bajo el ulular de las sirenas de alarma aérea (tan poco parecidas a las sirenas de Ulises) y bajo la amenaza constante del ejército ruso que ya había bombardeado incluso un par de teatros en otras ciudades. Cualquier lugar donde pudiera estar reunido un número considerable de civiles en las ciudades de Ucrania era un blanco adecuado para el nuevo zar de Rusia. El terror como arma para doblegar la moral de un pueblo.

En la obra representada por Anabell, una niña está aprendiendo a leer en un refugio, mientras afuera caen las bombas y suenan las sirenas que avisan a la gente que deben correr a los espacios protegidos porque se acerca otra oleada de ataques. En la adaptación de la obra hecha por Alex, la niña protagonista, Liesel Meminger, lee también un fragmento de *El olvido que seremos*. Para mí todo eso era doloroso, extraño y bello al mismo tiempo. Con la extraña belleza que tienen las cosas tristes. Un libro contra una injusticia particular del pasado intentaba al menos distraer de otra injusticia presente; en el caso de Ucrania, colosal y colectiva.

Ese mismo mes de marzo, pude conocer personalmente a la otra socia de la Editorial Compás, Maryna Marchuk, en Sevilla, al margen de un evento literario organizado por mi amigo Fernando Iwasaki. Es muy emocionante poder abrazar a una persona que te ha regalado una lengua y te ha presentado de la manera más limpia y hermosa el heroísmo de un país más pequeño y menos fuerte que su enorme adversario. Dos meses más tarde, en mayo, Anabell presentó en Madrid la obra adaptada por Alex, su compañero, y pude ir al teatro a ver *El libro de las sirenas*. La guerra seguía arreciando en Ucrania pero mis jóvenes amigas ucranianas podían darse un descanso y una tregua en España y en una gira teatral por los países nórdicos.

Cuando, por esos mismos días, paseaba o comía en Madrid con Maryna y Anabell, sentía por ellas esa misma ternura aprensiva que siento por mis hijos cuando temo —a veces locamente y sin motivo— que algo malo o violento les pueda ocurrir. Quisiera que mi abrazo pudiera ser un yelmo, una coraza, aunque sé muy bien que no lo es.

No dejé de estar en contacto con ellas, y en los años que siguieron volví a ver a Maryna en Andalucía, y a Anabell en México. Desde enero del 2023, yo me había vinculado al movimiento ideado e impulsado por Sergio Jaramillo, ¡Aguanta, Ucrania! Como su campaña se desarrollaba especialmente en redes sociales y Sergio necesitaba a alguien que tradujera al ucraniano los mensajes originales, que llegaban generalmente en español y en inglés, puse en contacto a Sergio con Maryna, y ella se convirtió en la traductora de ¡Aguanta, Ucrania! al ucraniano y en el enlace entre este movimiento y otros escritores e intelectuales ucranianos.

*

El principio de nuestro viaje en junio del 2023 ocurrió sin contratiempos y según lo planeado. En la terraza de un bonito hotel que daba a la plaza central de Rzeszów, Sergio, Maryna y yo tuvimos un largo almuerzo polaco, mientras resolvíamos los últimos detalles del viaje a Ucrania. Hacía un día fresco y soleado, en ese agradable confín estacional que divide la primavera del verano. Era la primera vez que yo pisaba Polonia (la Polonia de Lem, de Bashevis Singer, de Szymborska y Chopin y de mi amigo Preisner, la Polonia del papa por el que me habían echado de la universidad), y el país me parecía, en su arquitectura y paisaje, una armoniosa mezcla entre una nación eslava con trozos del

Imperio austrohúngaro, ordenado, católico y casi familiar. La mayor parte de mi vida consciente, Polonia había pertenecido a la cortina de hierro, pero ahora parecía casi tan occidental como Alemania, donde viví más de un año.

Poco después de las seis de la tarde llegamos a la estación polaca de Przemyśl, en la frontera con Ucrania, y como teníamos tiempo de sobra fuimos a tomar algo en una pequeña fonda al frente de la terminal. Hacia las siete nos acercamos al edificio; la gran mayoría de los pasajeros que hacían fila eran mujeres ucranianas con niños de brazos, o al menos muy pequeños. Iban de regreso, o quizá se dirigían a saludar a sus maridos en el frente, a darles ánimo en una visita rápida. En el tiquete decía que nuestro tren nocturno para Kyiv salía a las 20:52, pero el control de pasaportes era muy lento, la fila a duras penas se movía. Supuse que el tren no iba a irse sin toda esa gente que quería entrar; todos parecíamos inquietos y confiados al mismo tiempo. Éramos muchos y nos movíamos muy despacio, obedientes. Como reses al matadero, llegué a pensar, con un presentimiento que de inmediato deseché, igual que se espanta una mosca molesta.

Un grupo de hombres jóvenes vestidos de negro, con pasamontañas, se situaron al frente de la fila, a cierta distancia, y empezaron a gritar consignas en polaco. Nos daban la espalda. Lo que gritaban era muy agresivo, evidentemente, pero yo no les entendía. Me pareció que Maryna les entendía un poco más, porque vi que llamó por celular a la policía, que sin embargo se demoró en llegar. Coincidimos en que parecían neonazis. Es muy raro oír gritos agresivos en una lengua de la que no se entiende ni una palabra; uno se imagina cualquier cosa, de todo, pero hay una intuición lingüística que, unida al lenguaje corporal, nos pone de inmediato a la defensiva.

Finalmente, después de la inspección de los pasaportes, llegamos al tren, una inmensa boa azul oscura sin principio ni final. Tenía tantos vagones que no se alcanzaba a ver ni la cabeza ni la cola del convoy. Tampoco me atrevía a recorrer su extensión a pie por el andén, por miedo a que arrancara en cualquier momento.

Vine a sentirme más en Europa oriental (antes yo había estado brevemente en Rusia, Hungría, Chequia) al subir en ese tren interminable y oscuro de los ferrocarriles ucranianos. Había en cada vagón un último vestigio de comodidad zarista o soviética: una anciana señora en uniforme, quizá más joven que yo, pero sin duda anciana, que nos daba la amable bienvenida, nos entregaba sábanas limpias, toallitas, fundas para la almohada, mantas, al tiempo que nos retiraba los pasaportes y nos ofrecía tazas de té caliente. Ocupaba, al lado del baño, un cuchitril diminuto que era su dormitorio y oficina, con una especie de ídolo central que dominaba el espacio: un samovar de novela de Gógol en el que una llama hacía hervir el agua para el té. Para mi muy dudoso sentido del gusto, este era amargo y malo, pero de algún modo mitigaba la espera, larga e incomprensible, aunque tan frecuente en algunos países, de los trenes que no salen. Nuestro tren, que debía salir a las 20:52, como ya he dicho, a medianoche no se había movido aún ni un ínfimo centímetro.

En nuestro compartimento dos jóvenes madres ucranianas que volvían al país a visitar a sus esposos en el frente, con dos niños de brazos muy formales, ocupaban las dos literas de abajo. Conversaban serenas con una ilusión triste en la mirada; irían casi hasta la línea de guerra, cerca de Odesa, nos tradujo Maryna. Sergio y yo ocuparíamos las literas de arriba; Maryna, ya en piyama y pantuflas, se paseaba por el corredor del vagón como Pedro por su casa. Salía de su compartimento cercano y entraba al nuestro a verificar que fuéramos capaces de tender la cama, de tener listos los documentos, de comprender lo que se nos decía. Para Maryna y las demás mujeres todo era normal y corriente, casi hogareño. Para mí, y supongo que también para Sergio, todo era un poco extraño. Cuando en la adolescencia yo montaba en tren en Colombia, de Medellín a Puerto Berrío, mis amigos y yo viajábamos al aire libre, sobre el techo de los vagones. Solo nos hacían bajar al llegar al único túnel del trayecto, el túnel de La Quiebra, que aunque tenía medio siglo, todavía nuestros maestros se enorgullecían de presentárnoslo como la máxima obra del gran ingeniero cubano Francisco Javier Cisneros, y de la historia de Antioquia.

Cuando Sergio me dijo que ese era el mismo tipo de tren y de literas que había tomado con Ban Ki-moon y con el expresidente Juan Manuel Santos para visitar Ucrania pocos meses antes, mi mente paranoica resolvió que probablemente esa noche los rusos no bombardearían la red ferroviaria (habían tenido oportunidad de matar peces mucho más gordos que nosotros), y me tomé tres gotas de somnífero. En pocos minutos me quedé dormido y así seguí hasta que las luces del amanecer, ya en las afueras de Kyiv, me despertaron. Vi a Maryna asomada a las ventanillas del corredor, los ojos aguados y fijos en la capital, saciando la nostalgia del aire, las colinas, el río y los edificios de la ciudad donde había estudiado y pasado su primera juventud.

—No paraste de roncar en toda la noche —me dijo Sergio al verme despierto, entre burlón e indignado—. Las ucranianas y yo no pegamos el ojo.

Yo le dije lo mismo que dice mi mujer cada vez que la acuso de dormir a sus anchas y en cualquier circunstancia:

—Ya ves lo que es tener la conciencia tranquila.

Con esta sensación hicimos la entrada en la monumental estación central de Kyiv, y a la salida, Sergio, práctico y eficiente, pidió un Uber que en un cuarto de hora nos llevó al hotel.

Los asuntos logísticos del hotel en Kyiv los había resuelto casi todos (si mucho consultando algún detalle con Maryna) Sergio, quien, a pesar de su cabeza aparentemente distraída, es muy capaz de ocuparse de todo lo práctico y de mantener siempre los pies en la tierra. Como él ya había venido antes a Ucrania, poco después del comienzo de la invasión, había reservado en un hotel elegante, lujosamente demodé, decimonónico, y no digamos barato, pero sí con una tarifa de país asediado, es decir, de país sin turismo y con hoteles siempre en temporada baja, aun en la tibieza de finales de junio. Un hotel de lujo de Europa central, que los latinoamericanos nos podíamos permitir, paradójicamente, gracias a la devaluación de la moneda que padece todo país en medio de un conflicto devastador.

Me sentí extraño, en realidad culpable, al entrar en una habitación comodísima, con una gran cama triple perfectamente tendida con sábanas muy blancas, un baño enorme lleno de toallas solo para mí, en un hotel que tenía, además, un refugio en el primer piso, bien planeado, con decenas de camas alineadas unas junto a otras, como en un hospital, con botellones de agua en abundancia y kits de primeros auxilios, por si había un ataque aéreo nocturno y debíamos pernoctar allí. Todo esto, con las instrucciones detalladas en caso de que sonara la alarma de ataque inminente sobre la ciudad, nos lo enseñó con mucha eficiencia una empleada después de haber hecho el *check-in* en el antiguo mostrador del Hotel Opera. De no ser por esto, y por las indicaciones de qué hacer en caso de alarma, uno no se sentía allí en un país en guerra.

Como habíamos llegado temprano por la mañana, teníamos casi todo el día libre porque nuestros eventos en la feria estaban programados para el final de la tarde. Maryna se esfumó casi al instante, pues nos dijo que tenía una diligencia urgente que le tomaría buena parte de la mañana. Después de una ducha rápida me fui a caminar por el barrio, que era muy agradable, e hice por WhatsApp una cita con Sergio al mediodía, para que almorzáramos juntos por ahí.

*

Hace diez años yo tenía una noción muy borrosa de lo que era Ucrania. Se trataba apenas de un nombre lejano con un territorio vagamente europeo, eslavo y con algo oriental (cosaco o tártaro), que me evocaba trajes coloridos, pieles y ojos claros suavemente rasgados, y extensas llanuras llenas de trigo en verano y de nieve en invierno. Ese nombre de sonido poético y evocador, como decir Urania, Samarcanda o Armenia, no venía acompañado de ideas geográficas o políticas muy precisas. No tenía claro si esa palabra designaba una nación independiente o una pieza más en el inmenso rompecabezas colonial del último imperio aún sobreviviente, el ruso (heredero del Imperio zarista y del Imperio soviético), que va desde el mar Báltico hasta el océano Pacífico y desde el mar Negro hasta el círculo polar ártico.

En el viejo mapamundi de mi casa, en cuyo globo imaginé los países y las distancias mucho antes de haber salido siquiera de mi barrio, Ucrania se teñía del mismo verde claro que identificaba la entidad política más grande del orbe: la Unión de Repúblicas Socialistas Soviéticas o URSS. Para hacer aún más grave la confusión, a ese territorio inmenso de la URSS, compuesto por un montón de etnias y naciones que no eran todas rusas, ni cristianas, y ni siquiera eslavas, unidas por la obligación de ser comunistas, le decíamos —por pereza mental o por simplificar— Rusia.

Pero claro, ese mapamundi envejeció súbitamente tras la caída del muro de Berlín, en 1989, y más aún después de que la Unión Soviética se desmoronara casi sin violencia en 1991. Un castillo de naipes edificado con ilusiones utópicas, consolidado con terror y pegado con el ocultamiento de las verdades molestas, cayó en cuanto Gorbachov impuso un poco de apertura y transparencia (glásnost) e inició su tarea de transformaciones (perestroika). Bastaron cinco años de verdad y de palabras sin temor (1985-1991), quizá el único lustro de libertad en toda la historia de Rusia, para que el «socialismo real» se viniera abajo ante los ojos asombrados del mundo. Por mucho que sepamos que no existen países eternos, no deja de causar sorpresa que un sistema que parecía al mismo tiempo sólido y sórdido pudiera colapsar de la noche a la mañana gracias a tres ingredientes para ellos exóticos: verdad, libertad y ausencia de miedo.

Rusia y Ucrania dejaron de formar parte de la Unión Soviética y se convirtieron en países independientes casi al mismo tiempo, en 1991, pero desde el otro lado del mundo no éramos capaces de entender hasta qué punto era rusa o qué tan ucraniana era Ucrania. Como la rusa había sido siempre la etnia y la lengua dominantes en la URSS (en esa unión de repúblicas estaban prohibidos todos los nacionalismos menos uno, el ruso), y como los rusos se han proclamado los únicos herederos legítimos del comunismo (ese sueño religioso que se volvió pesadilla), y los únicos vencedores en la guerra contra Hitler (como si en ella no hubieran participado todas las otras naciones de la URSS), ¿formaba parte Ucrania de la arrogancia nacionalista rusa o era una república verdaderamente distinta e independiente? En verdad yo no lo tenía claro y solo empecé a darme cuenta del sufrimiento y la lucha de ese pueblo por ser ellos mismos cuando Putin les arrebató la península de Crimea en 2014 y cuando, al mismo tiempo, mandó a los mercenarios del grupo paramilitar de Wagner a desestabilizar el Donbás. Según reconocimiento tardío de su mismo líder, Yevgueni Prigozhin, el grupo fue creado con el fin de ayudar a la segunda oleada invasora, que no empezó con el ejército ruso, como había ocurrido en Crimea, sino con este ejército privado de paramilitares: su misión fue invadir la cuenca del río Donetsk (eso es el Donbás, la cuenca del río Donetsk), la región más oriental de Ucrania, que Putin, en vista de la mansa resignación de Occidente a la anexión rusa de Crimea, resolvió también ir «a rescatar de los nazis».

Pero para ser totalmente franco, Ucrania solo terminó de tener una forma más precisa y una identidad definida en mi mente apenas en el año 2019, al recibir aquella carta de las dos mujeres ucranianas que me hablaban de su lengua y su literatura. Solo en ese momento sentí la urgencia verdadera de informarme mejor sobre ese lejano país que, gracias a ellas, se me volvía real. Si un colombiano era real para ellas, si ellas no confundían Bolivia con Colombia, también ellas, y su país, tenían que ser reales para mí y yo no podía seguir metiendo en el mismo saco a Ucrania, Moldavia, Chechenia o Georgia (aunque tengan problemáticas similares por su vecino imperial). No es la geopolítica, no es la ideología, son las personas las que nos enseñan a querer y a darles un rostro y una identidad a las naciones. Si dos ucranianas me escribían desde Ucrania, yo debía al menos investigar y entender bien qué era Ucrania.

Hasta ese momento yo no había averiguado siquiera si los caracteres cirílicos de su alfabeto eran iguales o no a los rusos (no lo son); si su lengua era tan solo un dialecto de la lengua rusa (no lo es; si a algún idioma se acerca el ucraniano es más al polaco que al ruso); tampoco sabía si ese territorio llamado Ucrania era más asiático o más europeo (y esto se debe, precisamente, a su condición ambigua: haber sido durante siglos una tierra de frontera).

Según su etimología menos improbable, en el centro del nombre de Ucrania (*Okrayina*) está la raíz *krai*, que significa *lindero* o *límite de un terreno*, y por lo tanto su significado más original sería «tierra fronteriza» o «tierra de frontera». La geografía es un destino. Como explica el historiador y filósofo Volodímir Yermolenko, las estepas ucranianas carecen de árboles, es decir, de raíces, y lo que durante los últimos diez siglos se había dado en ese inconmensurable espacio era el encuentro o el choque entre los pueblos nómadas orientales y los más sedentarios aldeanos occidentales, o, si se quiere, entre Asia y Europa. Los cosacos ucranianos, para poder combatir y defenderse de los invasores provenientes de Asia, se vieron obligados a convertirse ellos mismos en nómadas. En las inmensas estepas de Ucrania no hay grandes obstáculos —cordilleras, mares, ríos imposibles de vadear— que impidan el paso de gentes sin raíces en movimiento, con sed de rapiña o en busca de algo nuevo o por lo menos distinto. Como dice Anne Applebaum, «históricamente, esta falta de accidentes geográficos de las tierras fronterizas ha atraído a todo tipo de invasores, y los más conocidos —y también los más amenazantes— siempre han venido del este».

Yendo aún más lejos, según el paleontólogo español Juan Luis Arsuaga, «todos los europeos descendemos (aunque solo por línea masculina) de los nómadas de la estepa ucraniana que domesticaron el caballo y se extendieron por toda Europa y también por parte de Asia. Estos pueblos de las estepas pónticas, como las llamaban los clásicos, también extendieron la lengua indoeuropea». No deja de ser interesante y curioso que los más antiguos ancestros de la mayoría de quienes ahora se llaman europeos provengan de esos hombres a caballo, invasores o fugitivos de lo que hace milenios ya eran, y hoy siguen siendo, las inmensas estepas ucranianas.

Así, poco a poco, desde lo más lejano hasta lo más cercano, fui descubriendo los nexos entre mi mundo cultural y literario y ese otro mundo en los confines entre oriente y occidente, entre la tiranía y la democracia, en cuyo territorio, sin yo tenerlo aún tan claro, habían nacido algunos de los escritores del siglo XX que más admiraba y quería: el ucraniano Nikolái Gógol, cuyo Quijote moderno, Chichikov, se dedica a comprar almas muertas (o siervos sin registro de defunción en el censo) por los pueblos del Imperio zarista; el judío de lengua rusa Vasili Grossman, un escritor fantástico y un apóstol de la verdad; el polaco de lengua inglesa Joseph Conrad, uno de los grandes novelistas del siglo pasado; el también judío, pero de lengua alemana, Joseph Roth, quizá el escritor de todos los tiempos más cercano a mis afectos, y una de las más misteriosas, valientes y seductoras de las poetas antisoviéticas, Anna Ajmátova. También originarias de tierras ucranianas, pero de lenguas portuguesa o española, eran dos grandes escritoras suramericanas: la brasileña Clarice Lispector y la argentina Alejandra Pizarnik. Así, además del mapa cartográfico, fui completando el mapa de las devociones más cercanas a mi pasión y oficio: la del arte de recrear con palabras y comprender con narraciones la realidad y la experiencia.

*

Cada libro que he escrito es tan radicalmente distinto a los anteriores que en todos ellos (en los publicados y en los que reposan en el sepulcro de mis intentos fallidos) he sentido lo mismo: que al abordarlos vuelvo a ser un aprendiz, un escritor en las primeras armas, y que tengo que volver a descubrir desde cero la forma en que debo narrar esa inédita historia en particular. Uno ya sabe cómo escribió sus libros anteriores, pero está obligado a explorar y aprender otras destrezas para escribir uno nuevo y distinto.

En este caso debo confesar que me he sentido más forastero y más principiante que nunca, pues jamás había situado una narración mía tan lejos de mi universo mental, cultural y geográfico, y, además, en medio de la dolorosa situación de una guerra desgarradora e injusta o, mejor dicho, en la mitad de una invasión desquiciada que para mí representa un caso emblemático de manifestación del mal en pleno siglo XXI.

Percibir de cerca la brutal potencia del mal, su violencia asesina, y llegar casi a padecerla en la propia carne, tal como la han sufrido durante más de tres años millones de ucranianos, es tener la experiencia del mal, sí, pero encarnado en una sola persona, en otro megalómano que, si consigue sus objetivos en Ucrania (después de haberlos conseguido en Chechenia, en Bielorrusia y en otros lugares remotos de sus inconmensurables dominios), no tendría dudas ni escrúpulos para seguir invadiendo, destruyendo y anexando o sometiendo a otros países asiáticos o europeos, como si el territorio de su imperio anacrónico no fuera ya la imposición colonial más extensa y absurda del mundo actual. Para usar las proféticas palabras de Tolstói: ¿cuánta tierra necesita un país? ¿Es tan insaciable Rusia que ningún territorio, por grande que sea, le resulta suficiente? Las más demenciales pasiones de poder y de dominio tan solo se sacian cuando lo tienen todo.

Para poder acercarme a Ucrania, esa nación que, por lejana que estuviera, me intrigaba cada día más, para poder entender su territorio y su cultura antes de poder visitarla, debía averiguar no solo su presente, sino conocer también las heridas y cicatrices más traumáticas de su historia. Un país se defiende de lo que ya ha padecido porque es lo que más teme que se repita. Tal como le preguntamos a una persona, cuando nos interesa conocerla, cómo llegó a ser lo que es, a qué le teme, de dónde viene, cuáles son sus aficiones o sus traumas más importantes, así mismo, cuando queremos entender bien a los países (ya que es habitual que estos se configuren como tales solo después de muchos esfuerzos, derrotas y sufrimientos), debemos averiguar ese pasado que los explica o al menos los hace menos incomprensibles.

*

Aunque, en el fondo, sentía cierta desazón por el hecho de estar en un país en guerra, por dentro me repetía que había aceptado ir a Kyiv porque allá estarían mis dos editoras arriesgando su vida, y si ellas no tenían miedo, yo no tenía derecho a mi cobardía habitual (enmascarada con el bello nombre de prudencia), ni a negarme, por miedo, a pasar un par de días en una capital europea donde siguen viviendo, a pesar del conflicto, tres millones de personas. La insistencia de Sergio también había sido importante, y para él era esencial que lleváramos a Ucrania el testimonio de que al menos una parte de América Latina estaba con ellos, y que no toda nuestra área continental era tibia al respecto (como lo eran López Obrador, Lula y Petro), y estaba menos alineada con Rusia (como lo siguen estando Nicaragua, Cuba, Venezuela, e incluso hoy en día Estados Unidos). El mismo hecho de que mi vieja amiga Catalina Gómez estuviera allí, también sin miedo, era un motivo más para estar presente en una ciudad que, después de varios años, se atrevía al fin a hacer de nuevo una feria del libro.

Yo había visto libros míos en caracteres árabes que para mí empezaban en la última página y se leían al revés; en ideogramas chinos; en incomprensibles acumulaciones de letras en croata o en danés; en el hermoso alfabeto griego que, al menos fonéticamente, podía descifrar, pero nunca en cirílico. Era emocionante poder presentar y firmar *El olvido que seremos* en una lengua nueva, en un idioma asediado por invasores que querían imponer el ruso como única lengua de cultura en esa parte del mundo. De algún modo, al hacerlo, sentía que estaba participando también en un pequeño y simbólico acto de resistencia cultural.

En realidad, en un idioma que se desconoce por completo, uno no sabe hasta qué punto ese libro es el propio o una recreación, un invento del traductor. Hubo un momento en que quise saberlo en el caso ucraniano. Cogí mi celular, abrí la aplicación que traduce casi de cualquier idioma con la cámara y apunté al título: *Estamos el olvido por venir* fue el resultado. No era idéntico, pero daba una idea parecida del título original y seguramente en ucraniano sonaría por lo menos correcto. Hice el mismo ejercicio con las primeras palabras: «En la casa vivían diez mujeres, un niño y un hombre». Pues sí, más o menos así empezaba mi libro, aunque la última palabra de esa frase, en el original, fuera «señor» (un señor, al menos en el español de Colombia, es un hombre mayor). Más abajo venía el primer diálogo y, según mi teléfono, estaba traducido así: «Tu papá irá al infierno». «¿Por qué?». «Porque no va a trabajar». Era curioso. Lo que yo había escrito (según mi recuerdo de lo que me había dicho nuestra monja de compañía) era que mi papá se iba a ir para el infierno porque no iba a misa. Tal vez en una ex república soviética, pensé, uno no se ganaba el infierno por no ir a misa, sino por no ir a trabajar. No sé. En todo caso el libro se parecía al mío. No cabía duda de que estaba basado en él, y yo tiendo a creer en mis traductoras mucho más que en mí.

Muchos meses más tarde me atreví a consultarle por WhatsApp a una de mis editoras, Maryna, mi duda sobre el «trabajo». Este fue el diálogo:

H: Querida Maryna, tengo una curiosidad. Para lo que estoy escribiendo hice un pequeño juego con mi teléfono. Acerqué el traductor de Google Lens a la primera página de El olvido *en ucraniano. En el primer diálogo del libro, la monja le dice al niño que su papá se va a ir al infierno. El niño pregunta por qué y la monja dice que porque no va a misa. Según mi teléfono, la traductora prefirió que la monja dijera: «porque no va a trabajar». ¿En Ucrania es mucho más grave no ir a trabajar que no ir a misa? Me dio risa, me dio curiosidad…*

M: Querido Héctor, a mí también me dio curiosidad, abrí el libro y vi que la traducción de Anna es correcta. Al final es el traductor de Google Lens que se equivoca. Y no es de sorprenderse porque la palabra «служба» tiene varios significados. Puede significar misa pero también puede significar trabajo; se acerca un poco a la palabra «servicio» en español. Menuda curiosidad.

H: Ah, claro, es como si dijera «porque no va a los oficios». Un motivo más para confiar en la amable Anna Markhovska y en las traductoras de carne y hueso, y mucho menos en la inteligencia artificial.

Recuerdo haber llegado a la feria con Maryna, hacia las cinco de la tarde. Para los ucranianos era un gran acto de coraje y resistencia realizar ese evento en plena guerra. A los rusos les gusta tirar bombas y misiles en los sitios donde se reúne mucha gente, y el viejo Arsenal de Kyiv era un blanco que, por su mismo nombre (aunque fuera un nombre antiguo, del siglo XIX, y ya no tuviera ningún uso militar), se prestaba para justificarlo como un objetivo legítimo. Victoria Amélina, por ejemplo, había organizado meses antes un festival literario en una ciudad ucraniana del este que lleva el curioso nombre de Niu York (así la pusieron un grupo de emigrantes a Norteamérica al regresar, también en el siglo XIX). Y los rusos, a poco de terminado ese festival, habían bombardeado y borrado del mapa el mismo sitio donde este se había organizado, una antigua biblioteca.

No es fácil producir libros en plena guerra, ni es fácil mantener viva la cultura en general, los conciertos, el teatro, la ópera, las competencias deportivas... Sin embargo, la Feria del Arsenal hervía de gente, sobre todo de gente muy joven y entusiasta, en busca de nuevos libros y nuevas lecturas. Aunque fuera un poco arriesgado, nadie parecía tener miedo de estar ahí, así que el cobarde que soy intentó adaptarse también, sin aprensión, al ambiente festivo, y al final de la firma terminé contento, aunque bañado en sudor.

*

Las calamidades de Ucrania no empezaron con Putin. Es necesario conocer también sus anteriores catástrofes humanitarias, así sea sucintamente, para comprender mejor el dolor actual de esta nación —un dolor silenciado o apenas insinuado por generaciones—, así como el orgullo y la pasión con que los ucranianos defienden hoy su territorio, su identidad y su cultura. Sería posible remontarse a invasiones, guerras, masacres y tragedias más antiguas, pero me voy a referir tan solo a las más recientes, las del último siglo, porque sus cicatrices son visibles todavía y basta señalarlas o rozarlas con el dedo para que se enconen y duelan de nuevo.

La escritora que inspira este libro —y que de alguna manera siento que me lo está dictando—, Victoria Amélina, en un ensayo publicado en la revista *Arrowsmith*, «Nothing Bad Has Ever Happened» («Nunca ha pasado nada malo»), cuenta que los ucranianos de la era soviética y de los primeros años de independencia postsoviética fueron educados en el ocultamiento, la mentira y el olvido de los más dolorosos episodios de su historia reciente: el terror rojo y la hambruna devastadora (conocida en Ucrania como Holodomor) sufrida en los años treinta por explícita decisión de Stalin; la detención, el encarcelamiento y el asesinato sistemáticos de cientos de escritores e intelectuales que habían protagonizado el Renacimiento Cultural Ucraniano, pocos años más tarde; y el Holocausto en el que la Alemania nazi condujo al exterminio casi completo de la notable población judía ucraniana, varios millones de personas, que en el oeste del país representaba al menos un tercio de los habitantes. Como señala Anne Applebaum, antes de la Segunda Guerra Mundial, en Polonia, Bielorrusia y Ucrania vivían más judíos que en cualquier otra parte del mundo. Y, como ha demostrado el historiador americano Timothy Snyder, el genocidio judío no ocurrió solamente en las cámaras de gas y en los campos de concentración. En la Europa central invadida por Hitler, el exterminio fue masivo y directo, sin pasar previamente por campos de trabajo esclavo. El procedimiento era expedito: de sus casas al gueto y del gueto, en grupos de cientos, al linde del bosque, al fusilamiento, los tiros de gracia y las fosas comunes.

Estas enormes tragedias, de dimensiones aún más grandes que la que se vive hoy, sucedieron en Ucrania en la primera mitad del siglo pasado, separadas por apenas diez años de distancia[2]. Las dos más devastadoras en términos numéricos (pues representaron varios millones de muertos, una limpieza étnica y un genocidio sin precedentes) las contó, en buena parte como testigo directo, el destacado periodista y novelista ucraniano Vasili Grossman[3].

La primera tragedia la relató y describió en *Todo fluye*, una novela a la que Grossman dedicó los últimos años de su vida, esos años opacos y tristes, entre 1960 y 1963, cuando el poder soviético había requisado y destruido sus manuscritos más importantes, incluido el de su novela más ambiciosa, la extraordinaria *Vida y destino*, que él creyó, hasta su muerte, perdida para siempre.

Para Grossman, «la única luz que puede iluminar la oscuridad es la verdad», y fue por esto por lo que se dedicó a decirla y a contarla tanto en sus crónicas como en sus novelas. Y en los dos géneros explorados por él, el periodístico y el novelístico, la verdad brilla. En *Todo fluye* (una ficción alimentada por la experiencia), esa última novela que la censura soviética también le prohibió publicar y que vino a editarse en ruso apenas en 1989, veinticinco

---

[2] Para un recuento exhaustivo, cuidadosamente documentado, de estas desgracias ingentes, el Holodomor y el Holocausto, remito al lector a la obra monumental de Timothy Snyder *Tierras de sangre. Europa entre Hitler y Stalin*, Barcelona, Galaxia Gutenberg, 2011.

[3] En mis conversaciones con colegas ucranianos, he notado que no todos ellos aceptan que se considere ucraniano a un escritor de lengua rusa como Grossman. Grossman nació en 1905 en Berdýchiv, ciudad ucraniana, cuando esta estaba bajo el dominio del Imperio ruso. Hablaba yidish, ucraniano y ruso, y resolvió escribir en ruso para que sus escritos tuvieran mayor difusión en la Unión Soviética. Si para ser ucraniano se requieren prerrequisitos étnicos o lingüísticos (algo que para mí es un error esencialista), Grossman no lo sería. Si en cambio se acepta, como considero inevitable, que hay también un multiculturalismo ucraniano (que no puede excluir a quienes tengan orígenes mixtos, bien sea tártaros, polacos, turcos, judíos o rusos), personas como Grossman deberían ser reivindicadas como ucranianas.

años después de la muerte de su autor, Grossman cuenta detalladamente la espantosa limpieza étnica de los campesinos ucranianos, que a los soviéticos de todas las repúblicas se les ocultó siempre en las clases de historia (y se les sigue ocultando hoy en la Federación Rusa).

En palabras de Anna, amante tardía del protagonista del libro y testigo pasivo de esta masacre por inanición, Grossman resume con exactitud y sencillez la terrible hambruna del Holodomor, que mató de hambre a millones de personas (más de tres, quizá siete) en un solo año (sin contar a los muertos entre los deportados a Siberia), y no a causa del mal en abstracto (la langosta, los incendios, las plagas, los terremotos), sino por los delirios ideológicos y las órdenes deliberadamente homicidas de un fanático: Iósif Stalin. Así lo cuenta Grossman:

> *El hambre llegó en 1932, dos años después de la deskulakización. Esta comenzó en 1929, a finales de año, pero el viraje definitivo se produjo entre febrero y marzo de 1930. Antes de arrestar a los kulaks[4] les aplicaron un impuesto. Lo pagaron. Para la primera vez les alcanzó; la segunda vez aquel que pudo vendió, con tal de pagar. Cuando ya no pudieron pagar vinieron las redadas. Como algunos habían sacrificado el ganado y destilado vodka con el grano, porque en cualquier caso, decían, la vida para ellos se había acabado, a los de la primera redada los fusilaron en bloque, no quedó ninguno vivo. A los que arrestaron a finales de diciembre los retuvieron en las cárceles dos o tres meses y luego los deportaron a*

---

[4] Tras la Revolución de Octubre se expropió la tierra de la nobleza y de los grandes terratenientes de la era zarista. Luego de esta primera revolución agraria, sin duda inspirada por buenas intenciones, sobrevivieron o surgieron los *kulaks* o pequeños propietarios y campesinos agricultores que producían grandes cantidades de comida (trigo, animales, frutas...). Los *kulaks* eran especialmente numerosos y productivos en la fértil tierra negra de Ucrania del este. Poco a poco la palabra *kulak* se fue convirtiendo en un insulto y durante el estalinismo se los definió como pequeñoburgueses egoístas, explotadores, acaparadores de trigo y enemigos del pueblo.

áreas de reasentamiento para kulaks. Luego comenzaron a arrestar a las familias. Llamaban a los hijos de los kulaks «hijos de puta», les gritaban «¡sanguijuelas!», y aquellas sanguijuelas se quedaban sin una gota de sangre en las venas, pálidos como el papel[5].

Tras el despojo inicial, todavía insuficiente para Stalin, llegó la hambruna generalizada en el campo ucraniano. Y Grossman dibuja fielmente la forma en que esta numerosa clase campesina —más del 20% de la población en el este de Ucrania— murió poco a poco de inanición. Así sigue el relato Grossman:

> *La nieve se había derretido ya cuando la gente comenzó a hincharse; les había sobrevenido el edema del hambre: rostros inflados, piernas como cojines, agua en el vientre, se orinaban todo el rato encima, no les daba tiempo para salir a hacerlo fuera. ¡Y sus hijos! ¿Has visto en los periódicos los niños en los campos alemanes? Idénticos: cabezas peladas como balas de cañón, cuellos delgados de cigüeña, en las manos y en los pies se veía cómo se movía cada huesecito por debajo de la piel, esqueletos envueltos en piel, una gasa amarilla. Niños con caras envejecidas, atormentadas, como si llevaran en el mundo setenta años, y hacia la primavera no tenían ni siquiera cara, más bien la cabecita de un pájaro con su piquito.*
>
> *Algunos campesinos habían enloquecido, sólo hallaban paz en la muerte. Se les reconocía por los ojos, brillantes. Estos eran los que troceaban los cadáveres y los hervían, mataban a sus propios hijos y se los comían. En ellos se despertaba la bestia cuando el hombre moría en ellos. Vi a una mujer, la habían traído bajo escolta al centro del distrito. Su cara era la de un ser humano, pero tenía los ojos de lobo. Dicen que a estos, los caníbales, los fusilaron. Pero ellos no eran culpables; culpables eran los que llevaron a una madre hasta el extremo de comerse a sus hijos. Pero ¿crees que se puede encontrar*

---

[5] Uso aquí la excelente traducción de Marta Rebón publicada por Galaxia Gutenberg, Barcelona, 2008.

al culpable? Ve y pregunta... Era por hacer el bien, el bien de la humanidad, que llevaron a las madres hasta ese punto.

Entonces lo comprendí: todos los hambrientos son, en cierto sentido, caníbales. Consumen su propia carne, sólo les quedan huesos, devoran su grasa hasta el último gramo. Luego se les enturbia la razón: también se han comido el cerebro. Se han devorado por completo. Conocí a una mujer, tenía cuatro hijos. Les contaba cuentos para que se olvidaran del hambre, aunque apenas podía mover la lengua; los cogía en brazos, aunque no tenía fuerzas para levantarlos. Y es que el amor vivía en ella. La gente se dio cuenta de que allí donde vencía el odio, morían más rápidamente. Aunque el amor tampoco salvó ninguna vida. El pueblo entero murió. La vida desapareció. Se hizo el silencio. No sé quién fue el último.

Como si a Stalin no le resultara suficiente la limpieza anterior de campesinos, cometió una masacre adicional, menos conocida, menos numerosa, pero más calculada y quizá por esto mismo más difícil de relatar porque consiste sobre todo en una extensa lista de nombres escogidos uno por uno cuidadosamente. Es lo que Victoria Amélina llama en su ensayo «el exterminio del Renacimiento Cultural Ucraniano», que se parece más al exterminio cultural promovido hoy por Putin, el mismo que Victoria estaba luchando por evitar en su trabajo como investigadora y en todos sus escritos. Se trata de las purgas estalinistas de 1934, al principio en Ucrania oriental, en las que fueron perseguidos y eliminados cientos de escritores, intelectuales, trabajadores de la cultura, con el propósito de borrar cualquier vestigio de identidad nacional ucraniana. Estas purgas acaecidas en oleadas sucesivas (en las que se arrestaba y ejecutaba a las personas que se atrevían a defender públicamente la existencia de Ucrania como cultura y nación independiente) se extendieron luego hacia Ucrania occidental y arreciaron en la zona que se llamó Galitzia durante el Imperio austrohúngaro, cuando el dictador soviético, amparado bajo el Pacto Ribbentrop-Mólotov, se repartió con Hitler buena parte de Europa central según unas supuestas «zonas de influencia»[6]. Se trató, una vez más, del exterminio de toda una generación de intelectuales, científicos, poetas y escritores escogidos y asesinados durante la ampliación territorial de la URSS al oriente de Polonia. A quienes en el extremo occidental de Ucrania no se ejecutó de inmediato se los desterró y encerró en los gulags siberianos, donde fueron tratados como esclavos, y muchos fallecieron por las torturas, el hambre o la extenuación. Estas purgas consiguieron el objetivo estalinista: la aniquilación de un proyecto de identidad nacional e independencia política que Ucrania tuvo que postergar esta y otras veces a lo largo de los últimos siglos de su historia.

Con la misma exactitud que en el caso del Holodomor, la pluma de Grossman relata también la tercera catástrofe cultural y humana de Ucrania, la de la invasión nazi en 1941 (llamada en clave por los alemanes Operación Barbarroja), durante la cual fue exterminada otra parte esencial de sus habitantes y de su cultura. En su breve libro *Ucrania sin judíos*[7] se puede leer lo que les ocurrió a estos en todas las ciudades y aldeas judías (*shtetls*) de Ucrania, entre las cuales estaba también la de su lugar de nacimiento, Berdý-

---

[6] Este pacto incluía un protocolo secreto adicional gracias al cual la URSS se apoderaba de Letonia, Estonia, Bielorrusia y parte de Ucrania, al tiempo que la Alemania nazi se quedaba con la parte occidental de Polonia, con Lituania y Prusia Oriental. A una repartición criminal de este tipo es a la que hoy aspira nuevamente Vladímir Putin cuando defiende sus «zonas de influencia».

[7] No hay hasta ahora ninguna traducción española de este texto. Su vida editorial en la Unión Soviética fue casi nula, pues la revista *Estrella Roja* (para la que escribía Grossman como corresponsal de guerra) se negó a publicarlo. Algunos fragmentos se tradujeron y publicaron en yidish en 1943, pero el texto íntegro solo fue recuperado en el archivo de la revista *VEK* (que tenía su sede en Riga) en 1990. Hay una reciente edición italiana, *Ucraina senza ebrei*, publicada en Milán por Adelphi en 2023.

chiv, donde fueron asesinadas —entre otros miles de víctimas— su madre y su hermana.

A partir de tantos silencios, medias verdades y ocultamientos, Victoria Amélina describe en varios de sus ensayos y novelas la sensación extraña con la que ella fue madurando como mujer y como intelectual. Crecer en su ciudad, Leópolis, e irse enterando de lo que había sucedido en su región (Galitzia) era de algún modo como vivir en un relato de horror. Como habitar en una casa, una ciudad y un país embrujados; en una tierra en la que se habían cometido en el pasado (ocultándolo siempre a las nuevas generaciones) terribles exterminios, crímenes y asesinatos. Tras leer los libros de Timothy Snyder y del abogado y escritor inglés Philippe Sands[8], en los que estos genocidios ocurridos en Ucrania están documentados, explicados y aclarados, Victoria se fue dando cuenta de que en su región, en su ciudad, en su barrio y en su propia casa habían vivido muchas de las personas expulsadas o exterminadas en estas tragedias sucesivas (polacas, judías, ucranianas). Vecinos que ya no eran vecinos se habían convertido en víctimas invisibles.

Fueron estos cadáveres y fantasmas del pasado, unidos al silencio de sus familiares y de sus profesores de escuela, los que le ayudaron a escribir a Victoria su segunda novela, *Un hogar para Dom*. Los protagonistas de esta viven, o mejor, ocupan sin saberlo la casa de un judío polaco expulsado (nada menos que el aclamado escritor

---

[8] Para Victoria, y para cualquiera que busque conocer la historia verdadera de Ucrania, fueron indispensables el libro de Snyder, ya citado, y el ensayo de Philippe Sands *Calle Este-Oeste*, en el que se relata, con tintes biográficos referidos a antepasados suyos, la aventura intelectual de dos juristas extraordinarios del siglo xx, Raphael Lemkin y Hersch Lauterpacht, quienes acuñaron y desarrollaron dos conceptos fundamentales del derecho internacional. Lemkin el de genocidio y Lauterpacht el de crimen de guerra, esenciales durante los procesos de Núremberg y, posteriormente, para la creación del Estatuto de Roma y el Tribunal Internacional de Justicia.

de ciencia ficción Stanisław Lem). En ese mismo hogar, el abuelo, aunque nunca mencionara explícitamente sus vivencias del Holodomor, guardó en un baúl durante años, como si fueran un tesoro, todas las cortezas y los restos de pan que iban quedando a mañana y tarde sobre la mesa familiar.

Victoria acabó por convertirse en una experta en reconocer el pequeño nicho rectangular dispuesto en diagonal en las puertas de muchas casas de la vecindad, y en la suya propia, donde los judíos pegaban, en el marco o vano derecho de la puerta principal, su pequeño ornamento devoto que contenía un pergamino con unos cuantos versículos de la Torah: la mezuzá.

Fue así —pelando estratos de historias y capas de pintura sucesivas que cubrían las anteriores— como Victoria aspiraba a ir desembrujando su casa, su ciudad y su país: con la memoria viva y el preciso relato de los genocidios, los exterminios, las masacres, las expulsiones, los crímenes de guerra padecidos en el territorio ucraniano a lo largo de su historia. Contar todos los horrores anteriores, conmemorar a sus muertos, le permitía llegar con una especie de clarividencia a la masacre actual, la que documentaba minuciosamente y la que ella, mientras estaba investigando y contando, también padeció. Su casa de Leópolis —que por voluntad de su familia es ahora una residencia para escritores que quieran contar la verdad sobre Ucrania o sobre el mundo—, de alguna manera, se ha convertido también en otra casa embrujada, en un recinto por donde circula, nos inspira y nos sopla historias la memoria viva, o si quieren el fantasma, de Victoria Amélina.

*

Conocí a Victoria en la Feria del Libro del Arsenal, en Kyiv, al atardecer del sábado 24 de junio de 2023, dos días antes del viaje no planeado hacia el frente de guerra. Catalina Gómez, amiga suya desde hacía meses, me la presentó minutos antes de empezar la charla que Catalina iba a moderar en el salón central de la feria. No me percaté de esto, pero Victoria y yo, en el momento de darnos la mano, estábamos en la misma inestable situación mental: los dos nos sentíamos levemente prendidos por unas cuantas copas de vino blanco que nos habíamos tomado poco antes para celebrar dos cosas muy distintas.

Mi celebración era por la emoción que sentí al terminar el pequeño acto de presentación y firmas de mi libro en ucraniano. Me sentí feliz al lado de mi editora, Maryna Marchuk, y de mi traductora, a quien no conocía, Anna Markhovska. Sentía algo hondo, triste y bonito al mismo tiempo al firmar mi libro más conocido en un país y para unos lectores que estaban padeciendo una invasión brutal, miles de violaciones de los derechos humanos, crímenes de guerra e innumerables heridos y muertes injustas y sin sentido en una detestable guerra colonial de destrucción y conquista.

Quizá la literatura no sirva para nada, pero yo había ido a Kyiv también con el recuerdo de que mi otra editora, Anabell Sotelo Ramires, había estado leyendo en voz alta la traducción de ese libro mío en un refugio subterráneo, en las primeras semanas de la invasión rusa, para engañar el tiempo y pensar en otra cosa mientras no se sabía si los planes iniciales de Putin (entrar en Kyiv, derrocar a Zelenski, deportarlo o fusilarlo, poner un gobierno títere en su lugar y revocar la independencia de Ucrania) iban a tener éxito o no.

Victoria, a su vez, se había tomado también unos cuantos vasos de vino blanco porque llevaba una semana sin tener noticias de un amigo suyo, militar en el frente de batalla en el este de Ucrania, que le escribía sin falta todas las tardes para contarle que estaba bien, que no estaba herido, que seguía vivo. Tras una semana de silencio, Victoria imaginaba lo peor. Pero justo al terminar un evento en el que acababa de participar en la misma feria (a la misma hora en que yo estaba firmando mis libros), un acto en el que presentaba los diarios de un poeta y escritor de cuentos infantiles ucraniano, Volodímir Vakulenko, que había sido secuestrado, torturado y asesinado por los rusos al principio de la invasión, había prendido su teléfono celular y había visto un mensaje de su amigo que decía más o menos esto: «Tuvimos una incursión muy compleja cerca de Lyman. No podíamos llevar celulares para no ser detectados. Acabo de regresar, algunos de mis compañeros han caído, uno de ellos a mi lado, pero yo estoy bien». Reconfortada, asustada y casi loca de alegría, también Victoria había recurrido al vino blanco para calmarse y celebrarlo al mismo tiempo.

En el acto al final de la tarde en que participamos juntos, había cinco personas. Se trataba de presentar por primera vez al público ucraniano, en vivo y en directo, la campaña creada y promovida por Sergio Jaramillo, el movimiento ¡Aguanta, Ucrania!, que reunía a personas de América Latina para respaldar el legítimo derecho de Ucrania a defenderse de una agresión exterior intolerable, emprendida además por una gran potencia y por uno de los cinco países con asiento permanente en el Consejo de Seguridad de la ONU.

En el extremo izquierdo del escenario estaba la moderadora y, como ya dije, reportera de guerra colombiana Catalina Gómez; a su lado estaba Sergio Jaramillo; le seguía Volodímir Yermolenko, filósofo, escritor y presidente del Pen Club ucraniano; a su izquierda estaba Oleksandra Matviichuk, directora del Centro para las Libertades Civiles de Kyiv y premio nobel de la paz; luego Victoria Amélina, escritora, poeta, activista y defensora de los derechos humanos, y finalmente yo, a su lado, escritor vinculado a ese mismo movimiento, en el otro extremo del escenario. Comparto aquí una foto de ese acto, tomada desde las primeras filas por Maryna.

Ya no recuerdo con exactitud todo lo que se dijo en ese escenario. Sergio habrá explicado los propósitos del movimiento liderado por él, que, además de apoyar a Ucrania, no son otros que ayudar a que se comprenda en América Latina la invasión que ha sufrido este país, a combatir con información confiable y con argumentos la campaña rusa de falsedades y desinformación (retomada y ampliada por cómplices a sueldo y por idiotas o ingenuos); se trata también de llevar un mensaje de solidaridad al pueblo agredido, de admiración por su valiente resistencia. Creo que Volodímir, Oleksandra y Victoria agradecieron que personas nacidas al otro lado del mundo no sintieran que Ucrania estaba lejos de su interés y solidaridad. La resistencia de Ucrania contra Rusia era la resistencia de la democracia y de la libertad, de los derechos humanos contra el populismo y la tiranía representada por Putin y la Federación Rusa. De mi intervención solo recuerdo haber mencionado una región geográfica cercana a mi oficio de escritor, a mi pasión por la lectura, Galitzia, cuya capital es Leópolis, la zona occidental ucraniana situada en Europa central, y por eso mismo más vinculada por historia lejana y reciente a la cultura europea. Era por esa región por la que mi corazón de escritor se sentía unido al corazón de Ucrania, pues en uno de sus pueblos había nacido mi venerado Joseph Roth, quien por lo tanto debería ser reivindicado como judío ucraniano, así hubiera escrito en lengua alemana, porque en el momento de su nacimiento esa zona de Ucrania estaba bajo el dominio del Imperio austrohúngaro. Yo no sabía aún que Victoria era de Leópolis, pero noté en ella una pequeña sonrisa de asentimiento cuando me referí a ese viejo topónimo, Galitzia, que era su patria chica y uno de sus grandes referentes culturales.

Todavía teníamos esa noche para despedirnos de Victoria Amélina y agradecerle su compañía en el acto, así que fuimos a comer a un restaurante georgiano sugerido por ella, el Mama Manana. Durante esa cena ya Sergio y Catalina habían resuelto entre ellos que el viaje no se podía reducir a Kyiv y que teníamos que ir hacia el este, hacia el Donetsk y el Donbás, para no limitarnos a ser testigos de la guerra atenuada de la capital (la ciudad mejor provista de defensas antiaéreas), y dar testimonio de la guerra de verdad. No solo eso, sino que al final de la cena, probando vinos georgianos secos y dulces, le habían propuesto a Victoria que los acompañara. Yo estaba al otro lado de la mesa y no oí la invitación, que ellos me ocultaban porque ya sabían de mi reticencia a alargar nuestro viaje. No quería ir, no tengo pasta de héroe, pero poco después comprendería que es casi imposible no dejarse convencer por un experto en negociación. Tampoco Victoria iba a ir, pero casi en el último momento, al atardecer del domingo, se apuntó. Antes de decidir si ir o no había tenido que arreglar un asunto, porque el lunes debía asistir a un acto, una especie de reunión de entrenamiento para nuevos integrantes de la organización a la que ella se había unido desde el principio de la invasión, Truth Hounds.

Supongo que el domingo en la mañana los encargados de Truth Hounds habían logrado cambiar de fecha la reunión. Victoria habría hecho alguna llamada más, enviado algunos mensajes al frente, otro a Polonia, donde estaba su hijo; lo habrá consultado con amigas, lo habrá rumiado durante todo el día hasta tomar finalmente la decisión, para así mostrarnos algunos sitios donde los invasores habían ejercido con más sevicia sus acciones de terror, y para despedirse de ese territorio que los rusos habían intentado tomar y luego habían perdido en las primeras semanas de la invasión. También para ver a un par de soldados y amigos que arriesgaban su vida en el frente y a los que ella temía no volver a ver nunca, pues en pocas semanas se iría de vacaciones a Canadá y luego un año entero a disfrutar de una beca de escritura en París, en la amena y segura París.

Por todas estas circunstancias, en parte voluntarias, en parte fortuitas, Victoria —que en ese momento estaba sumergida en la preparación de un libro que había resuelto escribir en inglés: *Looking at Women Looking at War: A War and Justice Diary*— terminaría por acompañarnos a nosotros, extraterrestres de un lejano país de Suramérica, a conocer la destrucción, la muerte y los horrores cometidos por Putin y sus secuaces, los mercenarios neonazis del grupo Wagner, que, al mando de Yevgueni Prigozhin, se había rebelado contra el zar Putin ese mismo fin de semana e incluso se había atrevido a marchar hacia Moscú.

Más de un año y medio después, leyendo precisamente su diario, el libro póstumo de Victoria aparecido en inglés en febrero de 2025, me entero de que, pocas semanas antes de nuestro viaje, Victoria había estado en la misma región a la que iríamos juntos dos días después. Ya al final de su diario cuenta que en los últimos días de la primavera del año 23 cogió el tren nocturno a Járkiv y que su mochila iba muy pesada:

> *Llevo el premio noruego de Volodímir Vakulenko, mi portátil y los papeles que algunos testigos deben firmar para conceder un poder al abogado que los va a representar, un poco de queso azul para Yulia, la bibliotecaria de Kapitolivka, una botella de buen vino para mi amigo en la región del Donetsk, donde el alcohol está prohibido*

a causa de la cercanía del frente, y treinta libros infantiles para las estanterías del depósito de ayuda humanitaria en Kramatorsk.

Todos los nombres anteriores, como para casi cualquier lector en este momento, no me decían nada a mí antes de ir al este de Ucrania. ¿Kramatorsk, Kapitolivka, Yulia? Cómo iba yo a saber que estos nombres propios se convertirían para mí en hitos y señales de esta historia. Pero lo que más me conmueve es algo que comenta dos páginas después:

No tengo que sobreponerme al miedo; simplemente ya no le tengo miedo a la muerte. Incluso me imagino de qué manera todas las mujeres sobre las que he escrito se reúnen finalmente en mi funeral: todas están muy ocupadas luchando por la justicia, de modo que una ocasión así es una oportunidad única para estar juntas. Pero entonces recuerdo que antes tengo que terminar este libro, ver crecer a mi hijo, y posiblemente unirme al ejército de aquí a algunos años, así que me levanto… y sigo escribiendo.

Poco antes también había dicho:

Desde el 24 de febrero de 2022, dejé de ser escritora para convertirme en investigadora de crímenes de guerra, y desde entonces he aprendido a ser ambas cosas para poder contarles a ustedes, al mundo, la historia de la sociedad civil ucraniana en busca de justicia. Ahora esta debería ser también la historia de cómo he ido aprendiendo a ser una madre para mi hijo de once años. Pero voy a dejar que sea él quien cuente esto, con la esperanza de que nuestros hijos y nuestros seres queridos sepan entender, respetar y perdonar lo que hemos resuelto hacer.

*

En el día que llevábamos en Kyiv, fuera de la constante presencia de soldados y vehículos militares por la calle, la única señal de guerra verdadera que habíamos vivido había sido una alarma de ataque aéreo, en la madrugada del domingo, y, confiados en la suerte y en el gran tamaño de la ciudad, ni Sergio ni yo habíamos bajado al refugio del hotel. Maryna, más sabia y precavida, sí.

Pocos meses antes, sin embargo, nos había contado Catalina, Kyiv estaba sin luz, sin electricidad y sin calefacción. Victoria, que vivía en un piso 19 atravesado por un viento helado, se mudó algunos días a donde Tetyana Teren, una de sus mejores amigas, para no congelarse ni tener que subir y bajar tantos pisos una y otra vez, mientras reconectaban las líneas o reparaban las centrales eléctricas destruidas por los bombardeos rusos. A nosotros no nos había tocado ningún corte de energía importante.

Sergio proponía, pues, y al fin me lo dijo con sus maneras suaves y convincentes a la vez, alargar el viaje un par de días más. Catalina, por su trabajo de corresponsal de France 24, estaba en condiciones de conseguir un jeep con un chofer que nos sirviera también de intérprete y guía local, es decir, un *fixer*; tenía el mejor, el más amable, que hablaba muy bien inglés: Dima. Ella había ido varias veces al Donetsk con él, una vez también con Victoria, y podía reservar un par de noches en un hotelito donde ya había dormido otras veces, el Gut. ¿Dónde? En una ciudad cuyo nombre yo no había oído nunca en mi vida, pero que iba a llegar a ser una especie de tatuaje indeleble en mi precaria memoria de todos los lugares que he visto: Kramatorsk. De todas formas yo, al principio, recordando la sensata consigna de mi padre de no hacer viajes dentro de los viajes, y menos improvisados, y menos temerarios, por ejemplo a lugares peligrosos por quedar cerca de escenarios de guerra, de secuestros o de combates, traté de mostrar mi leve y pasiva resistencia.

Maryna dijo, con mucho más carácter que yo, que ella no pensaba alargar el viaje, y mucho menos hasta el frente de guerra. Se iría en el tren ya reservado a Polonia a medianoche y volvería a Sevilla al día siguiente, lunes, según los planes iniciales que teníamos. Yo tampoco estaba seguro de querer ir; mejor dicho, yo estaba seguro de que no quería ir, pero no estaba seguro de poder resistirme.

Estando en medio de esta conversación con mis compañeros de viaje —yo sin el más mínimo deseo de acercarme a Rusia—, recibí una llamada de un amigo desde Bogotá, Gonzalo Córdoba. Le conté en lo que estábamos y me dijo algo que no se me olvida: «Eso puede salir muy mal. Ten en cuenta que los Jaramillo de la familia de Sergio son cultísimos, inteligentísimos, amabilísimos, muy educados, pero cuando cumplen cincuenta o cincuenta y cinco años, pierden la chaveta, se enloquecen». Hice cuentas mentales y me di cuenta de que Sergio, nacido en el 66, tenía cincuenta y siete años, mientras Gonzalo, al teléfono, me hacía el repaso de las locuras de todos los tíos, primos, abuelos y parientes de Sergio por el lado Jaramillo. A su tío tal (no recuerdo su nombre), por ejemplo, le había dado por pensar que querían envenenarlo y, no muy altruistamente, solo comía si su mujer probaba antes la comida. Lo peor había sido que, cuando enviudó, dejó de comer del todo y se murió de hambre. Uno de sus bisabuelos se negaba a llevar llaves y también a tocar la puerta de su casa, así que daba vueltas a la manzana, de día o de noche, bajo el sol o bajo la lluvia, hasta que al fin alguien se acordaba de él y encontraba la puerta abierta. Otra pariente, prima o hermana de su padre, había resuelto un día no volver a hablar, y se había pasado los treinta y dos años restantes de su vida sin modular palabra, aunque se sabía que podía hacerlo sin problema porque una empleada del servicio la oía hablar sola (o con los pájaros) al amanecer. Su mismo abuelo, o tío abuelo, no recordaba bien, que parecía el más cuerdo de la familia, se había ido a buscar El Dorado en un sitio que él mismo había descubierto en mapas antiguos, situado en la Amazonia colombiana, cerca de la frontera con el Brasil, y había desaparecido para siempre en la manigua. El padre, o el hermano del padre, que había sido un destacado diplomático, plenipotenciario en Berlín en los tiempos de Hitler, después de haber sido capaz del heroísmo de concederles visa colombiana a muchos judíos europeos (desobedeciendo las órdenes de nuestro Gobierno), había terminado su vida hablando siempre en verso, en octosílabos rimados, y en castellano, pero solo contestaba si le dirigían la palabra en francés.

Como yo siempre he sabido de las exageraciones floridas de Gonzalo, me limitaba a sonreír escuchando sus cuentos, y por el rabo del ojo veía cómo Sergio insistía con tenacidad en sus nuevos planes.

*

Desde antes de conocerlo personalmente yo admiraba la claridad mental de Sergio Jaramillo, y el modo seguro y frío con que se expresaba al hablar y al escribir. Sus ideas y sus palabras eran lúcidas, le brotaban con una precisión y sinceridad casi despiadadas pues nunca venían envueltas en azúcar ni en ningún jarabe sentimental. Yo llevaba años siguiendo sus declaraciones, leyendo sus artículos o entrevistas, primero sobre los «falsos positivos»[9] (él, junto con algunas de las madres afectadas, fue uno de los primeros valientes que los destapó), y más tarde sobre el proceso de paz en Colombia. En cada intervención suya, en la prensa

---

[9] Así se llamó en Colombia a uno de los más tristes y despiadados episodios de nuestro conflicto interno. Durante el Gobierno de Álvaro Uribe, los militares estaban muy presionados para presentar números de bajas altos entre sus adversarios de la guerrilla. Presionados, pero también premiados si obtenían resultados más numerosos, algunos mandos altos y medios del Ejército propiciaron o permitieron que se capturaran y llevaran al campo a jóvenes de los barrios populares de la ciudad para matarlos simulando una acción guerrillera (hasta los vestían y disfrazaban de guerrilleros), y así poder contarlos entre «positivos» caídos en combate. Gracias a las denuncias de las madres y a funcionarios íntegros como Jaramillo, se llegó a descubrir que estas «bajas guerrilleras en combate» eran falsas: falsos positivos.

o en la radio, me gustaba la forma franca e inteligente con que abordaba los temas más peliagudos.

Al lado de Humberto de la Calle, y bajo la batuta del presidente Juan Manuel Santos, Jaramillo trabajó durante más de cinco años (al principio en secreto y luego públicamente), de día y de noche y sin tomarse vacaciones, en la planeación y desarrollo del proceso de paz con las Fuerzas Armadas Revolucionarias de Colombia (Farc), sin duda el grupo insurgente más grande, violento, rico y mejor organizado del continente americano. Creo que Sergio fue la gran mente conceptual de un método sensato y equilibrado para poner fin a más de medio siglo de conflicto armado entre el Estado colombiano y la guerrilla más antigua del mundo.

Su papel como alto comisionado para la Paz fue fundamental, pero al no haber conocido yo de cerca unas conversaciones que fueron, más que discretas, secretas, voy a apoyarme en algunas de las personas que estuvieron cerca de Jaramillo durante aquellos años. Creo que es en una situación así, de gran tensión y responsabilidad, cuando mejor aflora la personalidad de cada cual.

Una de las asesoras y asistentes de Sergio, Marcela Durán, que llegaría a ser también amiga suya, sostiene que Jaramillo es como Nueva York: te enamoras de entrada o lo detestas. Para ella, él es «muchas cosas a la vez, todas muy grandes: inteligente, culto, generoso, distante, incomprensible... También puede ser terco como una mula. Cuando decide no moverse de un sitio, no hay razones ni espuelas ni rejos que lo hagan mover: ni sigue ni se devuelve, quieto como una roca atravesada en el camino».

Parece que tuviera la costumbre de decir a todo que no, me contó con sonriente ironía Humberto de la Calle. Tanto, que una vez un guerrillero de las Farc en las conversaciones de La Habana le preguntó: «Jaramillo, ¿usted no conoce la palabra *sí*?». Como, entre otras cosas, es filólogo, se podía quedar días enteros dándole vueltas a una palabra que no le acababa de gustar porque el significado no se ajustaba exactamente a lo resuelto, me dijo también De la Calle. Le gusta mandar, o mejor dicho, le cuesta mucho no mandar y no decidir todo por los demás: la hora de acostarse o levantarse, el restaurante al que hay que ir, lo que se debe pedir ahí... Suele ser inflexible en lo grande y también en lo pequeño. Pero lo grave es esto: casi siempre tiene razón. Cuando la gente a su alrededor divaga o el tema le deja de interesar, apunta De la Calle, tiene la capacidad de evadirse por completo, de dejar de estar ahí. Está su cuerpo, sí, pero su mente o su alma desaparecen, como si hubiera reencarnado en la araña de la telaraña que mira sin enfocar en el techo.

Al principio —me dijo una de sus pupilas, Natalia Arboleda—, Sergio es muy difícil de descifrar y por eso mismo, o se siente curiosidad por entenderlo, o más bien se le ignora y se lo deja a un lado, metiéndolo en el costal de los neuróticos insoportables. A él no le importan las cosas que a casi todos nos importan: la plata, por ejemplo, los cargos más altos de nombres rimbombantes, ni que lo quieran o lo odien. Por eso no es simpático (aunque tenga una forma sumamente educada de ser antipático) ni va por la vida halagando a la gente y sonriendo a diestra y siniestra, mucho menos mostrando los dientes para que le tengan miedo. «Le dice la verdad a todo el mundo: al presidente, al mendigo, al mesero y al ministro. Él vive concentrado en cosas importantes, porque no puede dejar de ser filósofo, pero también resolviendo asuntos puntuales y pequeños detalles, porque es al mismo tiempo activista. Activista y activo, práctico y eficiente, y también un trabajador incansable».

De la Calle me dijo también que en La Habana, en las conversaciones interminables con las Farc, los negociadores del Gobierno, y también los de la guerrilla, sospechaban que Sergio Jaramillo no descansaba ni dormía nunca. «Es una máquina de trabajo muy abrumadora hasta para los que trabajan con él. Uno estaba profundo a las tres o cuatro de la mañana, roncando en la cama después de un día muy pesado, y de repente se oía un roce de papel que entraba por debajo de la puerta. Era Sergio, que había deslizado un memorando o un acta o una serie de puntos que había que tener presentes al considerar lo que se había acordado (o no acordado, más frecuentemente) el día anterior. Papeles perfectamente redactados, precisos y profundos».

*

Sergio ejerce una gran fascinación en las personas que lo soportan y lo terminan queriendo. Francisco Samper es una de ellas. Estuvo una tarde en mi casa para hablar de él y acabó por hablarme de asuntos que otras personas no habían mencionado. Algunos no es necesario contarlos, pero es interesante saber que a Sergio lo mandaron desde muy joven a vivir en internados en Canadá y en Suiza. Creció y se formó alejado de la familia, en distintos países. Estudió en Inglaterra, en Alemania, en Rusia… «Supongo que se acostumbró a estar solo y a hablar solo», remata Samper.

«Tiene un cerebro grande y agudo, pero este le funciona a su manera», sigue diciendo el publicista bogotano. «Puede jugar como local en cualquier parte del mundo, habla siete lenguas vivas y tres muertas. Es muy difícil tenerlo concentrado en una sola idea porque se acaba aburriendo, y de repente empieza a divagar y termina citando a Tolstói en ruso, a Schopenhauer en alemán o a Byron en inglés. No siempre lo que cita, me parece, viene a cuento. Cuando se concentra mucho en alguna cosa que le ronda la cabeza, empieza a caminar y a dar vueltas por todo el cuarto, dando grandes zancadas y murmurando cosas entre dientes, como si hablara solo. Durante las negociaciones con las Farc en La Habana, el jefe no era él, sino De la Calle, pero Sergio fue el gran cerebro y el gran arquitecto de los acuerdos, el que cuidaba los detalles de cada frase para que los adversarios no metieran micos, es decir, aspectos importantes que no se habían acordado y que se podían colar en una redacción descuidada». Hubo dos principios fundamentales de la negociación que, si no me equivoco —dice Samper—, él mismo definió y defendió desde el primer día: *nada está acordado hasta que todo esté acordado, y hay que combatir como si no estuviéramos hablando, y hablar como si no estuviéramos combatiendo.* El cese al fuego, las zonas de despeje y concentración y la entrega de armas no eran un punto de salida, sino de llegada.

*

«Es absolutamente honrado e incorruptible», me dijo otra conocida de Sergio que no quiere que mencione su nombre. «En los cargos que ha ocupado, ha tenido a su disposición y en sus manos presupuestos enormes, públicos o secretos, fondos reservados, y a estas alturas de la vida, tras haber pasado por todo esto, y habiendo sido además embajador, viceministro de Defensa, consejero de seguridad en asuntos de inteligencia militar, alto comisionado para la Paz, negociador de conflictos en el mundo entero, no tiene ni siquiera casa propia, y se mueve en un jeep Land Rover como los de la serie *The Crown*, destartalado, modelo 64, más viejo que él, que nació en 1966. De algún modo sigue viviendo como si fuera todavía estudiante». No tiene rabo de paja, puede mirar de frente a todo el mundo. En un país en el que tantos resuelven hacerse pasito entre ellos para que nadie les saque los trapitos al sol, Jaramillo puede hablar con absoluta franqueza, porque en su armario no hay ningún esqueleto, ni tan siquiera un hueso.

Aunque se viste con ropa finísima, muy elegante a los ojos de un noble inglés que sepa de eso, a los ojos de un colombiano promedio da la impresión de que va vestido como un espantapájaros, con vejestorios que a ellos les parecen harapos. Lo que pasa es que su ropa y sus zapatos son tan finos y tan caros que siguen estando en buen estado cuarenta años después de haberlos comprado en las mejores tiendas de Londres o de Roma. No es un espantapájaros sino más bien una caricatura: se le ha visto con un puro cubano en la boca y calzado con zapatos ingleses de cuero en la orilla fangosa del río Atrato, bajo la lluvia torrencial del Pacífico colombiano, como si fuera la pintura expresionista y el retrato exagerado de sí mismo. Durante mucho tiempo vivió en uno de los mejores edificios de Bogotá (uno de los pocos que es patrimonio arquitectónico de la ciudad), pero no en uno de sus fastuosos apartamentos, sino en el sótano, en lo que debieron ser los aposentos del conserje.

Alguien más, ya ni recuerdo quién fue, me dijo otras cosas aún más extrañas. Por ejemplo, que nadie sabe si es de izquierda o de derecha, si es creyente o agnóstico o ateo, monárquico o republicano, conservador o liberal, capitalista o socialista. A lo mejor no es nada; le importan un pepino todas las etiquetas, aunque no cabe duda de que defiende la democracia. O probablemente es todas estas cosas a la vez, según el momento, pues es capaz de ser pragmático y poético, seco y enamorado, atento y distraído, dogmático y abierto al mismo tiempo. En realidad, por despistado que sea, es muy puntual y nunca incumple una cita. Durante el proceso de paz, la guerrilla lo veía como un infiltrado de la extrema derecha, y el Ejército como un comunista disfrazado con el uniforme del Gobierno. Pero ha seguido siendo siempre Sergio, firme, tranquilo, agudo.

Para Humberto de la Calle, «Colombia no sabe el tesoro que tiene en Sergio Jaramillo. Es un gran estratega y tiene más capacidad de análisis y más información que todas las agencias de inteligencia del país juntas. No es fácil comunicarse con él, por esa personalidad tan suya y tan independiente que tiene, pero es una mina de conocimientos de la que el país tendría que aprovecharse mucho más».

Pasa siempre el verano en una isla griega que no voy a decir cómo se llama (por suerte Grecia tiene cientos de islas), y en esa isla sin nombre lo que le gusta hacer es meterse en algún monasterio ortodoxo, y allí, como quien no quiere la cosa, usando sus dotes de políglota y experto en paleografía, se dedica a descifrar y a transcribirles a los monjes sus papeles viejos, porque ellos no se dan cuenta de las joyas de manuscritos que tienen, ni los entienden, muchos en arameo, en hebreo o en griego clásico. Documentos raros de los orígenes del cristianismo que a Sergio le encanta descifrar, estudiar y traducir.

«Nosotras, las que trabajamos hace años con él», me cuenta Natalia Arboleda, «decimos que hay una forma "sergística" de hacer las cosas. Si algo no le parece lógico o correcto, puede ser muy ácido y muy cortante, incluso con gente que apenas conoce. Le falta cedazo para decir las cosas. Es obvio que es muy inteligente, pero la inteligencia emocional le cojea a ratos; no se da cuenta de si alguien está triste, está aburrido o está bravo. Y cansado mucho menos, porque él nunca se cansa; tal vez ni sepa que existe el cansancio».

Es tan riguroso que a veces es inflexible. A él le parecía, por ejemplo, que al menos algunos de los jefes máximos de las Farc tenían que pasar una temporada en la cárcel. Caminando por La Habana llegó a decirle a Iván Márquez: «¡Escojan de una vez cuáles de ustedes, al menos dos o tres, se van a ir para la cárcel!». A los guerrilleros les provocaba matarlo, en sentido literal y figurado. Por eso al final, para poder firmar el acuerdo sin que Sergio siguiera aferrado a esta idea (que era la más justa y hubiera evitado muchos problemas), y a otras ideas fijas que tenía, el presidente Santos tuvo que apartarlo: lo sacó de La Habana y lo mandó a las Naciones Unidas «a hacer algo muy importante» que nunca le dijo qué era y que nunca nadie supo de qué se trataba; si Jaramillo se lo preguntaba al presidente, este le decía que siguiera esperando instrucciones. Mientras lo tuvo lejos, mandó a Cuba un equipo más político y conciliador. Había afán en firmar, y con la presencia de Sergio no iba a ser tan fácil, por lo puntilloso que es y por la animadversión que le tenían a él algunos negociadores guerrilleros.

Hay quienes se sienten agredidos por su inteligencia. Santrich y otros cabecillas de las Farc no lo soportaban. Santrich le decía: «Usted no conoce el país, a usted hay que hablarle en griego para que entienda». Sergio no le contestaba. Sergio conoce el país como nadie; hasta el último pueblo y el último río, centímetro a centímetro. Estuvo con el ejército en todos los rincones; conoce los palacios, las haciendas, los resguardos, los huecos más oscuros y los peores antros. Al parecer Álvaro Leyva, que años después llegaría a ser el canciller de Gustavo Petro y que se presentaba en La Habana como un experto independiente e imparcial —pero en realidad era muy cercano a Iván Márquez, el jefe de las Farc, y consejero privado de Enrique Santiago, el abogado español que asesoraba legalmente a la guerrilla—, no soportaba la inteligencia de Sergio, que cuidaba cada frase, cada palabra, y no caía en sus trampas, malicias, astucias y leguleyadas.

Creo que Sergio prefería a Santrich, que era abierta y claramente guerrillero, que a Leyva, capaz de ser hipócrita con cada lado, y que iba siempre detrás de beneficios personales. Sergio y Santrich eran los encargados de la redacción final de cada uno de los puntos del acuerdo. La paciencia de los dos era admirable, y es posible que ambos terminaran por respetarse recíprocamente, por precisos, por obstinados, porque no había forma de que el cansancio los rindiera.

«Cuando yo lloraba de cansancio», dice Natalia, «cuando no podía más y al fin me iba a dormir un rato, venía Sergio y me despertaba: "Hagamos un último esfuerzo; no hay nada más importante para Colombia en este momento". Había que levantarse a seguir camellando, y aunque no hubiera agua, atravesar el desierto. Yo creo que él no tiene acceso fácil a sus sentimientos. Como los tiene tan escondidos en alguna parte sellada de la mente, prefiere no sentirlos y mucho menos pensar en ellos o expresarlos».

«Para él lo más importante son las causas en las que se mete», me dice Marcela Durán. Desde la paz de Colombia, las negociaciones para llegar a acuerdos en Afganistán, en el Líbano, en Suráfrica o en cualquier lugar del planeta. «Sean estas causas perdidas o no. En realidad él, como en el fondo es un optimista, no cree que haya causas perdidas si son justas. Su causa ahora es Ucrania, y pobre del que se meta con él en eso. ¿La muerte? ¿La muerte, la familia, el dolor, las amenazas? A quién le importan esas cosas triviales, tanto sentimentalismo de telenovela, cuando uno está convencido de que en una causa así se juega el futuro de un país, el futuro del mundo. Eso sí, aunque parezca imperturbable, le importan los demás; las personas que lo acompañan, aun sus enemigos. De una manera que a veces no se nota, cuida de los otros. Hace por ellos sacrificios importantes sin decir nada, a veces sin que se sepa. Como por fuera es tan mandón y les exige tanto a los demás, compensa en silencio con favores secretos de los que uno se entera, si se entera, solo por casualidad».

*

Yo vine a conocer a Sergio personalmente en diciembre de 2016 en un avión para transporte de tropas del ejército de Colombia que hacía el trayecto Bogotá-Oslo. El aparato era tan viejo que tenía que hacer escala en Cartagena para poder llenar los tanques, ya que a la altitud de Bogotá no podía despegar con el lleno total de pasajeros y de gasolina. Se atravesaba el Atlántico en un vuelo nocturno de unas diez horas (un par de horas más que los aviones modernos) y se llegaba a Lisboa al amanecer con el aroma del combustible, con las últimas gotas de gasolina haciendo gárgaras. Como la cabina era helada, las sillas estrechas, incómodas y sin mantas, yo agonizaba con los ojos abiertos o cerrados, y no contando ovejas sino los minutos de la noche en vela.

De pronto, en medio del insomnio, empecé a ver a un tipo alto y delgado que no paraba de andar atrás y adelante por los pasillos del avión, atravesando la oscuridad como un fantasma y sin hablar con nadie, pero musitando algo entre dientes como si estuviera rezando. Yo sabía quién era, por las fotos, pero no habíamos hablado nunca. Me incorporé, me dispuse a caminar también yo, y calculé su trayecto para topármelo de frente en uno de sus giros, de modo que no se me pudiera escapar.

—Señor Jaramillo, ¿rezamos juntos? —le pregunté, cuando mirándome sin verme prácticamente se chocó conmigo.

—Yo no estoy rezando, Faciolince —me dijo—, pero empiece.

Empecé a recitar sin convicción:

—Santa María, madre de Dios, ruega por nosotros pecadores...

—Ahora y en la hora —siguió él— de nuestra muerte.

Y los dos al unísono:

—Amén.

Llegados a ese punto sonreímos ambos como dos adolescentes que se burlan de las cosas eternas y empezamos a hablar de temas más serios, es decir, de la guerra y la paz, y del hecho asombroso de que un proceso a punto de fracasar (el acuerdo había sido rechazado por una exigua mayoría, menos del 1%, en un plebiscito no obligatorio convocado por Santos) hubiera podido resucitar gracias al Nobel de la Paz concedido por Noruega al presidente y a las modificaciones introducidas al acuerdo según casi todas las exigencias de los partidos que habían apoyado el No en el plebiscito.

Un rato después, y habiendo estado de acuerdo en casi todo, Sergio me condujo hasta su silla, sacó de su mochila una botella de whisky y fue a algún lugar privilegiado del avión por dos vasos con hielo. Después de brindar bajo el estruendo de las turbinas sobre el Atlántico, intenté preguntarle, sin éxito, alguna cosa de la vida suya y de sus planes personales tras el final del acuerdo. A nada de esto me contestó. Seguimos tomándonos nuestro trago en silencio y, casi sin darnos cuenta, empezamos una de esas amistades a la inglesa, que —como dice Borges— excluyen las confidencias. Quizá lo más íntimo que llegó a decirme fue que compartíamos, en Oxford, un mismo amigo, el gran historiador inglés Malcolm Deas.

Sergio había sido hacía años, en los duros tiempos de los «falsos positivos», viceministro de Defensa y no se sentía extraño en esos aviones bélicos; en mi caso, por el contrario, era mi primera experiencia y mi primer contacto con un vehículo de guerra, digámoslo así. El propósito de ese viaje atípico no tenía, en realidad, nada de militar. Nuestro viaje a Oslo era, si se quiere, todo lo opuesto: estábamos en la noche del 8 al 9 de diciembre y acompañábamos al presidente Juan Manuel Santos a recibir en la capital de Noruega, precisamente, el Premio Nobel de la Paz que le había sido entregado hacía un par de meses, en octubre, una semana después del triunfo del No en el plebiscito. Sergio iba en su calidad de alto comisionado para la Paz; yo iba con un grupo de personas en cuyas familias habíamos padecido alguna forma de violencia durante el conflicto armado colombiano. La palabra no me ha gustado nunca, ni jamás he querido etiquetarme de ese modo, pero así nos decían: víctimas.

Obviamente yo no me imaginaba que siete años más tarde, estando a punto de compartir dos vasos de whisky en las rocas, denunciando otra guerra y en busca de otra paz, o más bien por azares y extrañas decisiones de la muerte, nos volveríamos a encontrar en los confines de la guerra y la vida. Pero ese futuro, por supuesto y como siempre, era algo no solo imposible de prever sino siquiera de imaginar. En los años siguientes nos vimos algunas veces, en mi casa o en la suya, compitiendo con recetas de comida italiana y con recuerdos de escritores franceses o de poetas griegos. Al cabo del tiempo, sin yo sospecharlo, coincidimos en una misma indignación y en una misma convicción: el rechazo absoluto al despotismo de Putin y a su criminal ataque a la independencia territorial y cultural de Ucrania.

*

El 24 de enero de 2023, un mes antes de que se cumpliera el primer año de la invasión rusa a Ucrania (ahora van más de tres), recibí por WhatsApp un mensaje de Sergio Jaramillo desde Cartagena. Acababa de lanzar, en el marco del Hay Festival, una campaña de latinoamericanos a favor de Ucrania, y lo había hecho acompañado de dos intelectuales ucranianas invitadas a uno de los encuentros literarios más importantes de Colombia: Oleksandra Matviichuk y Victoria Amélina. Reproduzco abajo la foto que, con ese mensaje, me mandó Sergio. Era la imagen emblemática del principio de su movimiento, respaldado por dos ucranianas fundamentales para hacer entender el horror de la invasión a su país, aunque debo reconocer que a mí en ese momento, en mi ignorancia, esas dos mujeres no me decían nada.

Y, sin embargo, ya desde entonces deberían haberme dicho algo, aun sin saber la importancia que adquirirían para mi propia vida seis meses después. La mujer de la derecha,

Matviichuk, era la directora del Centro para las Libertades Civiles de Kyiv y había recibido hacía poco el Premio Nobel de la Paz en la misma ciudad donde Sergio y yo habíamos ido a acompañar a Juan Manuel Santos, Oslo. Y la mujer de la izquierda, Amélina, era una joven y muy talentosa novelista, que en el último año había dejado de escribir ficción para dedicarse a documentar y denunciar los crímenes de guerra cometidos en Ucrania por los rusos.

Después de mandarme la foto que señalaba el principio de la campaña ideada y liderada por él (con la invaluable ayuda de varios amigos suyos, entre ellos Francisco Samper y Esteban Martucci), Sergio me propuso vincularme de algún modo al movimiento, haciendo, para empezar, un pequeño video en el que condenara el accionar de Putin. Sergio no sabía que esa propuesta, en mi caso, iba a caer en tierra abonada, y que no era necesario que me diera argumentos para que me uniera con absoluta convicción a la causa. No solo grabé mi breve declaración, sino que al mismo tiempo le ofrecí hacer todo lo posible por vincular a la campaña al mayor número de escritores, artistas e intelectuales amigos de Hispanoamérica.

Sergio me animó a emprender esta labor, y yo le dediqué mucho tiempo y energía en las semanas siguientes. Debo confesar también que, al hacerlo, puse en riesgo algunas amistades entrañables para mí. Cuando no conseguía convencerlos, y sus argumentos me resultaban pobres, equivocados o peregrinos, en general me resignaba al desacuerdo, pero hubo casos en los que dejé notar mi indignación y llegué a ser ofensivo. No voy a hacer la lista de las respuestas positivas que tuve, y mucho menos haré un memorial herido de los fracasos. Solo diré que preferí y respeto mucho más a aquellos colegas con quienes discutí abierta y acaloradamente el desacuerdo (con argumentos que me ofendían, pero que no desprecio) que a aquellos otros de quienes recibí, como única respuesta y a pesar de mi insistencia, el cómodo silencio.

*

En los momentos de crisis o de ataques, Sergio entra en modo de calma, se vuelve impasible, pone cara de nada, parece un lago de aguas quietas. Ante algo grave, parece más sereno que nunca, absolutamente concentrado y conciso. Yo he conocido gente que se desespera por una cucaracha; a él yo no lo he visto nunca en la vida desesperado por nada, ni siquiera por una tragedia. Cuando el atentado en Kramatorsk, les hizo a sus colaboradoras una breve llamada por teléfono, y solo dijo frases cortas y precisas: «Catalina está bien, Héctor está bien, yo estoy bien, Victoria está herida. Redacté un comunicado que acabo de mandarles; por favor corríjanlo». Sin embargo, muchas de las personas más cercanas a Sergio piensan que el atentado sí cambió algo en él profundamente. Cuando yo le pregunté de frente si creía que lo vivido en Ucrania había producido algún cambio en su vida o en su personalidad, la respuesta que me dio fue muy suya:

—No puedo contestar a esa pregunta.

Dado su hermetismo inamovible, le tuve que hacer la misma pregunta a una de sus mejores amigas. Ella sí me dijo alguna intimidad de esas que Sergio siempre evade: «Yo lo conozco desde hace casi diez años y en todo este tiempo, en derrotas o en triunfos, no abrazaba a nadie; ahora abraza. Y algo todavía más raro: se deja abrazar».

*

En lugar de oponerme al viaje al Donbás de frente, sigo poniendo objeciones. Busco en Lufthansa cuánto me cuesta cambiar para tres días después el pasaje de regreso a Madrid.

—Hombre, Sergio, cambiar el tiquete de avión me cuesta más de quinientos euros.

—Eso se arregla, ¡Aguanta, Ucrania! tiene una plata, nosotros te reembolsamos ese gasto.

—Tengo un compromiso en Toledo el 1 de julio, para presentar la exposición de una artista colombiana, Ana González. Es una amiga y no le puedo fallar.

Sergio se rasca la cabeza, lo piensa un momento.

—¿Te parece más importante una muestra de arte que esta guerra? Pero bueno, está bien, aun con el cambio de planes te garantizo que el 30 vas a estar en Madrid.

Maryna, quien ya ha insistido en que la idea del viaje al este de Ucrania no le parece muy sensata, se pone de mi lado y dice:

—Estuve buscando billetes de tren para tres días después y ya no hay puestos disponibles. El tren a la frontera siempre está lleno; yo compré estos tiquetes hace más de dos meses.

—Vamos ahora mismo a la estación —dice Sergio, e inmediatamente pide un Uber.

Maryna y yo lo seguimos humildemente, como dos patitos detrás de mamá pata, que se va a lanzar al agua. Sergio puede ser, al mismo tiempo, suave y marcial. Es terco como una mula, ya lo he dicho, y más constante que la ley de la gravedad.

Estando frente a las taquillas de billetes en la estación central de Kyiv, mientras Maryna descubre que no hay nada que hacer y mientras yo alcanzo a alegrarme de que no se pueda hacer nada, Sergio se hace a un lado y habla por teléfono con Catalina. Ella le tiene una solución.

—No busquen un tren hasta la frontera misma con Polonia. Busquen un tren hasta Leópolis. De ahí a la frontera cogen un taxi y luego pasan a pie a Polonia.

Eso mismo le dice Sergio a Maryna, que se acerca de nuevo a la taquilla. Se da la vuelta:

—Se puede hacer, pero perdemos los tiquetes de regreso que ya tenemos. No se pueden cambiar por estos a otro destino.

—No importa, cómpralos —dice Sergio y le entrega en la mano su tarjeta de crédito.

—Pero, Sergio —intervengo—, yo no traje efectivo para pagar el viaje hasta allá, el carro, los hoteles, la comida…

—Ya te dije que ¡Aguanta, Ucrania! va a cubrir esos costos —repite Sergio que de repente asume un tono de voz castrense—. Además, vamos a poder ver y documentar de cerca la invasión, los crímenes de guerra. Les vamos a poder contar la verdad de lo que pasa a toda la gente de nuestro movimiento. Para que nos crean, tenemos que ser testigos directos. No es lo mismo estar en Kyiv, una ciudad que los rusos no se pudieron tomar, y donde ahora la defensa antiaérea consigue detectar y destruir casi todos los drones y los misiles lanzados por los rusos, que estar en la zona invadida y recuperada por el ejército ucranio.

—Pero es que yo soy solo escritor, no soy reportero de guerra, ni soy investigador de crímenes de guerra, ni gestor de paz, ni nada de eso. Creo que aquí ya he visto bastante. La vida en Kyiv es suficientemente horrible.

—Bueno, Héctor, si tienes miedo no te preocupes. Ya Catalina tiene listo el carro y el chofer, es posible que nos acompañe Victoria, que lo está decidiendo en este momento, pero si quieres cancelamos el viaje y regresamos mañana sin haber visto nada.

Me quedo callado como cuando un cobarde oye que lo llaman cobarde. Luego digo con duda:

—No es miedo, pero no sé si sea… Bueno, compra pues los billetes, Maryna.

Por culpa de mis objeciones y mis dudas Maryna ha perdido el turno. Vuelve a hacer la fila.

—Vamos, pues, pero Alexandra y mis hijos me van a matar. A duras penas tenía permiso para venir hasta Kyiv —susurro casi para mí.

—Es mejor pedir perdón que pedir permiso. Yo tengo menos años que usted y hace mucho tiempo que no le pido permiso a nadie, y mucho menos a Ana María —me dice Sergio en voz todavía más baja, como masticando las palabras, sin vocalizar nada y con un acento que me parece alemán.

—Pues sí, estoy muy viejo para estar pidiendo permisos —admito.

Resignado, escribo al chat familiar y digo que me voy a quedar un par de días más en Ucrania. Miento y menciono vagamente que vamos a ir «un poco más al sur».

«¿A Odesa?», pregunta mi hijo, que sabe de geografía europea.

«No sé exactamente adónde», le respondo, pensando que no debí mentir sobre los puntos cardinales.

«No me parece y nunca me ha parecido», comenta Alexandra poco después.

Mi hija Dani, en cambio, lee los mensajes, pero guarda silencio.

En esas, Sergio recibe otra llamada por el celular y grita de alegría.

—¿En serio? ¡Qué maravilla!, esa es la mejor noticia.

Al colgar, me mira y me dice, feliz:

—¡Que Victoria nos va a acompañar, acaba de decidirlo! Se quiere despedir de esa región antes de irse para París. Es una verdadera experta en crímenes de guerra. ¡No podemos tener una mejor compañía en el Donbás!

Finalmente, tras muchas discusiones y consultas telefónicas con Catalina, Sergio compra dos tiquetes, para él y para mí, alargando nuestro viaje. Con ayuda de Maryna consigue un tren que sale de Kyiv el miércoles 28 de junio a las 22:38, no a la frontera, sino a Lviv, o Leópolis, donde tomaremos un Uber hasta la frontera, que pasaremos a pie, aunque la fila sea larga y lenta, y ya en Polonia podremos coger un taxi hasta Rzeszów y el aeropuerto. Ahora solo falta cambiar también los billetes de avión de regreso a Bruselas y Madrid.

Vuelvo a hablar con Gonzalo y le digo:

—Ya Sergio acaba de arreglar lo del billete de tren. Madrugamos mañana para el este de Ucrania, un poco más cerca del frente. Sergio está empeñado en que veamos de verdad los horrores de la guerra.

—Estás loco —me dice Gonzalo—, ¿y si te matan?

—Pues bueno, si me matan, salimos de esto de una vez por todas.

Ahí Gonzalo me grita: «¡No jodás!», y me tira el teléfono.

A veces los amigos intentan ser nuestros padres sin lograrlo.

*

En los últimos dos años, después de padecer un achaque tras otro, habiendo tenido enfermedades relativamente serias, yo sentía cada vez más que la vejez era horrible y que me estaba despidiendo de la vida poco a poco, sentido por sentido. Todas las veces que me habían hecho el célebre cuestionario de Proust yo contestaba igual a la última pregunta: ¿Cómo se quiere morir? Dándome cuenta de que me estoy muriendo, pues la muerte es la última experiencia de la vida.

Mi abuela repetía dos proverbios que en este aspecto resultaban muy interesantes: «Cuidado con lo que quieres, que de pronto lo consigues». Y: «Cuando Dios quiere castigar a los hombres, atiende sus súplicas». Mi manera de morirme, me había dado cuenta en los últimos años, era ir perdiendo los sentidos uno a uno: primero fue un *tinnitus* espantoso y la sordera creciente por el oído derecho; estaba medio sordo. Después del coronavirus quedé con la secuela irreversible de la pérdida del olfato. «Pa lo que hay que oler», decía una hermana mía, pero su apunte no me consolaba. Al perder el olfato, perdí también el 80% del sentido del gusto. Percibo lo amargo, lo dulce, lo salado, lo básico o lo ácido, pero cualquier sutileza del sabor ya no es registrada por mi cerebro: el ron, el whisky, el tequila y el vodka me saben a un mismo líquido ardiente y euforizante; un Grand Cru francés de los que me abre mi amigo Gonzalo me sabe igual que el más barato de los vinos californianos envasados en caja de cartón. Distingo la sopa de tomate de la sopa de espinacas solamente por el color. Y eso no fue todo, porque hacía poco había tenido un problema ocular, con tal mala suerte que después de haberme anestesiado el ojo izquierdo (no recomiendo mucho la experiencia de ver una aguja muy larga acercándose y penetrando el mismísimo globo ocular), el oftalmólogo se había dado cuenta de que mi problema era en el ojo derecho, con lo cual la aguja había entrado también por el otro globo, y yo había salido de la sala de cirugía con los dos ojos tapados, es decir, ciego por un par de días. No quiero hablar aquí de otras intimidades, y menos de ese sexto sentido del que hablaba el gran gastrónomo Brillat-Savarin, pero otras zonas del cuerpo me habían empezado a fallar también al mismo tiempo. En fin, mi deseo se estaba cumpliendo y me estaba muriendo poco a poco, un sentido tras otro, y la experiencia no brindaba propiamente aquello que le sobraba a mi mamá: entusiasmo. Al contrario.

Cuando uno pasa demasiado tiempo solo, concentrado en las señales íntimas que nos anuncian cómo se va acercando la muerte, pierde toda capacidad para reflexionar sobre los riesgos que puede entrañar un viaje, así sea hacia los alrededores de la peor guerra del momento (para ese entonces, no había empezado aún la de Gaza).

Tal vez a causa de lo anterior, como esas personas que coquetean incluso sin darse cuenta (en este caso con la muerte), mi inconsciente creía que lo mejor era que mi largo viaje se acabara abruptamente y de una vez por todas. Estaba a punto de cumplir sesenta y cinco años, la misma edad con la que murió mi padre, y de algún modo yo no me sentía con derecho a vivir más que él, a ser más viejo que él. Lo único que lamentaba era no haber podido experimentar lo que él decía que era el amor más puro y bonito del mundo, el amor a los nietos, pero ni mi hija ni mi hijo daban ni las más remotas señales de querer dejar descendencia en este mundo horrible de aberraciones políticas, fascismo resucitado, veleidades coloniales, calentamiento global y guerras infames.

Fue así, con cierto melancólico desapego, sin decirles la verdad a mi mujer ni a mis hijos, sin despedirme del todo de ellos, como acepté ir al oriente de Ucrania, un poco resignado, incapaz de oponerme a mi destino. Si algo nos pasaba cerca del frente de guerra, al menos sería por una causa justa, en un pequeño e inútil acto de resistencia contra el peor monstruo de maldad del siglo XXI (al menos hasta ahora), el dictador más parecido a Hitler desde 1945: Vladímir Putin.

*

Supongo que es más fácil hacer el retrato de alguien a quien no conoces que el de alguien a quien conoces mucho o al menos crees conocer bastante. Es esto lo que explica que el retrato más difícil de hacer sea el de uno mismo: cuando nos conocemos, nos conocemos tanto que todo es incompleto y cualquier cosa que se diga termina siendo una máscara, un enredo, una simulación o un disimulo; cuanto más a fondo te miras, más complejo te ves y más contradictorio, hasta que la figura es un abismo de rasgos y rayones tan confusos que se vuelven un mamarracho irreconocible, un montón de manchones superpuestos donde desaparece la figura y aparecen el desorden, las tachaduras, los borronazos. Uno acaba por dejar de entenderse y resulta imposible definirnos satisfactoriamente. Mejor no decir nada de sí mismo y dejar que los otros nos definan.

Me refiero al autorretrato con palabras, claro está, aunque también al pictórico, que solo funciona cuando es capaz de ser preciso y despiadado, no halagüeño ni condescendiente, pero que aun cuando es como debe ser, transmite siempre la sospecha de que es una máscara grotesca que, al deformarte, de algún modo también te favorece.

A esto se debe que sobre mí prefiera no decir mayor cosa o solamente esto: cuando yo viajé a Ucrania era un escritor de sesenta y cuatro años. Atónito y curioso, despistado, en el fondo creí que iba a hacer un viaje tranquilo. Mucho más que valiente, con miedo a ser cobarde (que lo soy), o mejor, a parecer cobarde, que es más grave que serlo porque no afecta lo que uno es, irremediable, sino la imagen que de uno tienen. Puedo decir que soy, más que racional, irreflexivo, y por esto mismo, en general, impulsivo e insensato. Obediente por falta de carácter, domado por la edad, aburrido por mis crecientes achaques, muy poco sabio, en fuga hacia adelante, y tan irresponsable de mis actos que mis más inmediatos allegados (mi mujer y mis hijos) podrían iniciarme un juicio de interdicción que aceptaría sin dudarlo.

*

En el pueblo de donde viene mi familia, Jericó, en las montañas de Antioquia, cuando alguien pronunciaba una frase como «yo, Antonio y Joaquín», te corregían de inmediato de la siguiente forma: «¡El burro adelante patea». Es decir, que el yo, que uno, nunca debe situarse por delante de los demás, sino de último: Antonio, Joaquín y yo. Supongo que es una forma de cortesía oriental, casi japonesa. A estas alturas de mi relato yo quería hacer, no mi retrato, sino el de Catalina, mi valiente amiga y reportera de guerra, o el de Dima, Dmytro Kovalchuk, nuestro *fixer* en el viaje al Donbás, pero por motivos que desconozco estoy escribiendo antes el mío, el del burro que adelante patea. En Jericó, cuando uno se equivocaba y por descuido ponía el «yo» adelante, la defensa del burro era esta: «Y atrás corcovea». Así que no me puse adelante, para no patear, ni atrás, para no corcovear, sino en el medio.

Creo que esta es la última foto que nos hicimos todos juntos, poco antes de salir hacia el restaurante preferido de Victoria en Kramatorsk, el Ria Pizza (un juego de palabras que no sale). Allí Dima está en el medio, Catalina y Victoria en los extremos, Sergio al lado derecho y yo al izquierdo:

¿Esas amenas colinas en el Donetsk, estos campos verdes donde la hierba crece sola y nutritiva como si fuera maleza, este cielo azul de principios del verano podrían parecerle a alguien la antesala de la sangre y el dolor? Más bien parecen un justo motivo para la codicia rusa y otro mucho más justo para la defensa a muerte de esa tierra por parte de Ucrania.

Pero vuelvo a mi retrato, mi autorretrato. En vista de que no fui capaz de hacerlo en prosa, o por lo menos no muy a fondo, acudo a estos versos:

Supongo que soy hijo de las montañas.
Las llanuras me aburren
y las colinas no me bastan.

¿El mar? El mar es una añoranza
para quien vive
a mil kilómetros de la playa
y a dos mil metros sobre su nivel.
Amo a mis hijos sobre todas las cosas.
No creo que haya Dios
y creo firmemente, quiero decir, confío
en que cuando me muera
será para siempre.
Cierro los ojos para hablar en público,
pero ciego, lo que se dice ciego,
no quisiera ser.
Me gusta acariciar el lomo de los caballos
y oler el cuello de mi mujer.
Leo bastante y antes de internet leía más.
Mi madre es mi figura paterna,
así que no me vengan
con sus tesis de complejos y Edipos.
Aunque no lo maté tengo la culpa
de que hayan matado a mi padre.
Gracias a él tengo la cabeza en las nubes
y gracias a ella los pies sobre la tierra.
Creo en la evolución,
no en la revolución.
Admiro mucho a Darwin, a Voltaire,
a Diderot, a Hume, a Adam Smith,
mucho menos a Marx; soy liberal.
Me gusta la igualdad,
pero puesto a escoger,
escojo la libertad.
He amado y amo, sin exagerar,
porque siempre exagera el verbo amar.
Mis pocos amigos son
los hermanos que no tuve.
Me gusta llevar una vida ordenada.
Bebo poco, no trasnocho

y he fumado marihuana, sin que nunca me gustara,
trece veces en la vida. No volveré a fumar.
Soy sedentario, pero viajo mucho
para sentirme extraño
al irme y sobre todo al regresar.
De joven fui lascivo, infiel y desleal.
Sostengo, sin embargo, que el sexo
es la parte más rudimentaria del amor,
la menos seria
y también la mejor, aunque no siempre.
Ahora soy más puro sin mérito ni esfuerzo
por cosas de la edad,
así que no predico como los curas viejos
la paz de los sentidos,
la santa castidad.
Como dijo un colega
«me gusta contemplar el rostro de mi mujer».
No siento que soy bueno,
pero me opongo al malo que llevo dentro
y casi nunca dejo que él mande
en mis acciones y en mi corazón.
Tengo mala memoria
y esto, por desgracia, me hace ingrato,
y, por fortuna, poco rencoroso.
Vivo o vivía solo, pero me gusta estar acompañado.
Recibo huéspedes, pero no los atiendo
y pido que no abusen de mi hospitalidad.
Soportaría convivir con mis hijos,
con mis hermanas y con mi mujer.
Me gustan el arroz blanco, el ron
y las tajadas de plátano maduro;
como carne con culpa.
Cuando puedo bebo whisky y vino.
Tengo, según decía un sabio,
«la salud de hierro de los enfermizos».
Fui católico hasta los once años,

*todavía hago examen de conciencia
y siempre me arrepiento de las palabras
que escribo. No escarmiento
y vuelvo a caer en el vicio de escribir.
Vivo en guerra conmigo.
Quiero decir: nunca estamos de acuerdo
el otro y yo.
Mi única religión, de día,
es la lectura
(escribo en los crepúsculos),
y de noche la música de Bach.*

*

El domingo 25 de junio, a la salida de la casa museo de Bulgákov, y después de visitar la iglesia de San Andrés en la ciudad vieja de Kyiv, me atreví a preguntarle a Maryna por su marido. Yo sabía que este, por ser hombre de edad adecuada para ser llamado al frente, no tenía permiso para salir de Ucrania. Maryna no lo había mencionado en esos dos días. Entonces me contó que el día anterior, a la llegada de Polonia, cuando nos dijo que necesitaba dos o tres horas para hacer una diligencia, había ido con él a una oficina a firmar el divorcio. Me quedé en silencio; de repente entendí que hubiera preferido quedarse en el hotel con nosotros en vez de ir a su casa. Cuando la vi en Sevilla, unos meses antes, Maryna estaba siempre sola, o con sus compañeros de estudio en la universidad. Se veía feliz entre ellos. Me di cuenta de que no quería ir al Donetsk no solo porque le parecía un riesgo inútil, sino también porque quería reencontrarse con ellos. Ya divorciada, me imagino, le resultaría más fácil empezar una nueva vida. Una de las cosas más duras para hombres y mujeres durante una guerra, para los ucranianos que en el frente intentan repeler la invasión, consiste en que muchas de las mujeres que han salido hacia Occidente para huir del horror de la guerra han encontrado, en sus nuevos destinos, una nueva pareja y una vida distinta. No se les puede pedir a las mujeres en este siglo XXI que todas tengan la paciencia y la abnegación de Penélope. Los machos guerreros lo quisieran así, porque están arriesgando su vida en el frente, pero no es justo ni es posible. Victoria era el caso opuesto: su marido vivía fuera y ella documentaba los crímenes desde adentro. Que los amores salten en añicos es una más de las consecuencias de la guerra.

Conocí en Madrid, sin embargo, el caso verídico de una Penélope practicante ucraniana. Vivía con una familia española que la había acogido a ella con sus dos hijos. Era la casa de alguien que ha estudiado a Lemkin cuidadosamente, palabra por palabra: el defensor de los derechos humanos Joaquín González Ibáñez. Como para él y su esposa Iris, otra abogada comprometida con la causa, la ayuda a Ucrania no es solo teórica, sino práctica, real, invitaron a vivir con ellos a Iryna, Danyl y Yarómir. Y bien, esta Penélope, durante los dos años y medio que ha estado viviendo con Iris y Joaquín, siempre ha seguido y seguirá esperando que su marido regrese al fin de la guerra. Su hijo Danyl hace algo más, quizá incomprensible para nosotros, pero no para ciertas familias ucranianas que conocen la historia de su país: guarda en una caja todo el pan que no se comen, porque nunca se sabe si algún día lo puedan necesitar.

*

Uno podría pensar que el amor, el deseo y las ganas de divertirse se suspenden en tiempos de guerra. Que todo es devorado por el miedo a morir o por la ansiedad permanente que nos generan los allegados ausentes, aquellos que corren más riesgo en acciones de guerra cerca del frente. No es así. Si hay quien siente el impulso, la imperiosa necesidad de vivir el momento (*carpe diem*), si hay quienes quieren tener la experiencia de cada instante tan intensamente como si fuera el último, estos son precisamente aquellos que sienten todo el tiempo su vida amenazada. No las personas que han vivido una tragedia y ya están sumidas en el duelo; en estas sí es verdad que los más elementales deseos de divertirse o incluso de vivir se disipan y todas las emociones se reducen al mero sufrimiento sin consuelo. Pero en la guerra no hay solo duelo; hay sobre todo una anticipación de la muerte y del duelo, y es esta anticipación la que genera anhelos de dicha previos a la catástrofe inminente.

Antes de emprender nuestro viaje al Donbás, fuimos el domingo por la noche a la presentación de dos breves piezas de teatro montadas en un bar por el English Theatre de Kyiv. El director de este grupo es Alex Borovenskiy, pareja de Anabell Sotelo Ramires. Esta vez ella no actuó porque se había ido de gira por un país escandinavo.

Pedí un whisky en la barra y me senté cerca de Maryna y de Catalina a ver la primera obra. Tras una breve introducción nos invitaron a pasar a otra salita, aún más pequeña que la primera. Éramos unos veinte espectadores que veíamos actuar, casi en nuestras narices, a tres actores: dos de ellos interpretaban a un par de soldados, y el otro a un camarero que los atendía mientras hablaban en un café durante una pausa de la batalla. La obra planteaba un tema todavía delicado en Ucrania (la herencia soviética y rusa sigue presente en el ejército y en la sociedad): las relaciones homosexuales. En ella se contaba la historia de ese par de soldados que se enamoraban y formaban una compleja pareja gay en el frente de guerra. Una obra así sería un escándalo en Rusia, y además imposible de representar allí. Hoy en Moscú la homosexualidad ha vuelto a ser algo vergonzoso que se persigue por anormal, inmoral, e incluso se considera como perversión y delito.

Hubo un momento en que parecía que también Rusia escogía un modelo de apertura mental al estilo occidental, o por lo menos de tolerancia en asuntos de preferencias sexuales. Todo esto desapareció casi al mismo tiempo que ocurría la primera invasión rusa a Ucrania, la de la península de Crimea en 2014. Por estas mismas fechas la Duma Estatal rusa aprobó una serie de leyes homofóbicas en las que se prohibía todo tipo de propaganda a favor de «relaciones sexuales no tradicionales». Ni siquiera en novelas o poemas podía hablarse del tema. Uno podría alegar que las relaciones homosexuales tienen una tradición tan antigua que se remonta a la Grecia clásica, como mínimo, por lo que la ley no podría ir contra ellas, pero en otros apartes la legislación es mucho más explícita. Según esta, nadie puede discutir en público los derechos de los gais; los homosexuales no pueden cogerse de la mano ni besarse en público; profesores y jueces pueden ser multados y encarcelados si defienden las relaciones homosexuales. Cualquier extranjero sospechoso de ser gay, o lesbiana, o que defienda los derechos de la comunidad LGBT, o que diga que ser homosexual es tan normal como ser zurdo, podrá ser arrestado hasta por quince días y multado con sumas exorbitantes.

La primera invasión a Ucrania coincidió, pues, con esta campaña moral de deshomosexualización interna en contra de las modas de «Gayropa», como empezaron a llamar a Europa los rusos abanderados de la nueva iniciativa moral del Estado. La Rusia ortodoxa no se dejaría arrastrar por las aberraciones de Europa occidental ni por esa perversa tolerancia que había alcanzado incluso a las más altas esferas del Vaticano. Los viejos valores cristianos, la lectura literal de los libros y las maldiciones del Antiguo Testamento se impondrían por las buenas o por las malas. Y al mismo tiempo que Occidente observaba refunfuñando esta campaña moralista, veía como algo irremediable el despojo de un territorio fundamental para Ucrania. La península de Crimea, para los ucranianos y en especial para los tártaros, era como un miembro de su cuerpo, como su mano derecha. Pero en Estados Unidos y en Europa occidental nadie movió un dedo para evitar su anexión, y simplemente se dedicaron a hacer declaraciones retóricas inútiles y a promulgar sanciones económicas insignificantes. Que Rusia se apoderara de Crimea, y una vez más empezara a desterrar de allí a los tártaros, era visto como un destino fatal e inevitable, como un terremoto imposible de prevenir o de combatir.

*

En la primera de las dos obras breves montadas por el English Theatre, un joven actor de veintisiete años, Andrii Kasianov, tenía un papel secundario. Mientras escribo esto, el 25 de agosto de 2024, fecha del aniversario del asesinato de mi padre, recibo un mensaje de Alex Borovenskiy, director del teatro y de las obras que vimos en Kyiv. Me cuenta que Andrii había sido reclutado hacía un par de meses y que, tras unas semanas de entrenamiento, en la primera batalla en la que había tenido que participar había sido alcanzado por las balas rusas y había muerto. Andrii pertenecía al cuerpo del Teatro Nacional Tarás Shevchenko de Dnipró, pero ante la escasez de hombres se había visto obligado a ir a la máquina trituradora de la guerra, aun sin tener la más mínima vocación de soldado. La guerra es una especie de agujero negro que engulle vidas como si fueran átomos. Si yo pudiera rezar, rezaría por Andrii como una forma de recordar sus extraordinarias dotes de actor, no de soldado. Era tan poco soldado que ni siquiera en la última obra que representó había actuado como tal.

Las obras que vimos eran dos; la que acabo de mencionar y otra en la que actuaban un hombre (también soldado) y su mujer. De esta segunda obra yo recuerdo, sobre todo, la perturbadora belleza de la actriz, Slava Krasovska (en el papel de Katie), que es la esposa del soldado (Frank) que ha regresado vivo de la guerra. Krasovska es una de esas actrices que tienen la extraña capacidad de robarse la atención de un modo irresistible, hasta el punto que uno ya no oye ni ve la trama de la obra, sino que se concentra solo en ella, en el perturbador imán que tiene, porque, diga lo que diga y haga lo que haga, uno se siente absolutamente absorbido, hipnotizado. Tal vez por esto mismo no recuerdo bien el argumento de la pieza, que tenía un autor concreto y estadounidense, si no me equivoco. Creo que en últimas lo que se contaba era bastante sencillo, una discusión sobre si se llamaba o no por teléfono, si se hacía o no una llamada. El hombre, el militar, no quería hacer esa llamada, pero a la mujer le parecía extremadamente importante que lo hiciera y la discusión se iba haciendo feroz. La actriz, tanto si hablaba con seriedad como si bromeaba, tanto si decía algo profundo o cualquier tontería, para un espectador arrebatado como yo tenía siempre la razón.

Hubiera sido bonito poder decir, pienso yo ahora, que había ido a Ucrania detrás de un amor, detrás de la promesa de un amor, detrás de una mujer tan cautivadora como esta actriz tan llena de un indefinible encanto en la voz, en las facciones, en la forma de pasearse por el escenario, por la vida. Por una mujer así uno comprendería que un hombre joven, e incluso un hombre viejo como yo, podría arriesgar la vida. Por una mujer así su marido estaba obligado a no perecer en el frente, a regresar vivo de todas las batallas.

*

Tanto Sergio como Catalina conocían a Victoria porque habían estado con ella en enero de ese año en el Hay Festival de Cartagena. Yo no podría decir que ella fuera amiga mía, ni que nos hubiéramos hecho amigos durante los pocos días de ese viaje al este.

Tengo que confesar que en los tres días que estuvimos juntos casi a toda hora, Victoria y yo nos tratábamos con una cierta incomodidad. Creo que esta distancia solo la vine a comprender más tarde. Yo me había dado cuenta desde la primera intervención que le oí en la Feria del Libro del Arsenal, en Kyiv, de que era una joven valiente y brillante. Lúcida, irónica, con una tristeza que compensaba con brochazos de humor negro. Después, durante el viaje, tal vez me fijé demasiado en sus características más notorias, exteriores, y menos en su carácter. Puede ser que lo más patente fuera también lo que la hacía más difícil de descifrar. Como no la conocía bien, como apenas veía su superficie, lo que más me llamaba la atención eran su palidez y su silencio. Tan silenciosa y tan blanca me parecía, que a veces se me volvía invisible y dejaba de percibirla, como si no estuviera con nosotros, como si fuera una de esas sombras vagas de los sueños.

Era más blanca de lo que suelen ser las ucranianas, lo que ya es mucho decir, y casi tan tenue y delicada como el aire. Transparente, eso era, transparente como un fantasma. A veces lo único que uno alcanzaba a ver de ella, al caer la noche, era su melena rubia abundante y rebelde mecida por la brisa, también invisible, del verano. Alexandra, mi esposa (que estuvo viendo detenidamente varias de sus fotos mientras yo escribía sobre Victoria), me dijo una noche que la mirara bien, que parecía un ave de cuello muy largo. «Fíjate bien, parece un cisne». La observé con cuidado y ocurrió ese milagro de cuando comprendemos cómo es alguien (al menos físicamente) por primera vez. Sí. Como se vestía siempre de negro y como llevaba una melena muy larga color trigo que parecía alargarle aún más su cuello largo de por sí, como se movía en silencio y tan sigilosamente que no parecía andar sino más bien deslizarse por un lago en calma, o dejarse arrastrar por la imperceptible corriente de un río lento, como todo esto, Victoria podía ser un cisne muy blanco vestido de negro, o a veces un cisne negro y a veces uno blanco. Muy fácil de atrapar, porque no desconfiaba de los otros, o más bien porque creía que a ella no le podía pasar nada malo, y en cambio era tan frágil que a un bárbaro de manazas asquerosas le resultaría muy sencillo agarrarla de un zarpazo por la nuca y retorcerle el cuello.

Su blancura espectral se notaba aún más por el contraste con su ropa. Desde que Putin había lanzado su primera invasión a Ucrania, la de Crimea en 2014, Victoria (que había estado presente en las protestas del Maidan que llevaron a la caída y la fuga del gobierno prorruso y que desataron la ira de Putin) había resuelto vestirse de medio luto. Después de la invasión en toda regla del 2022, había pasado al luto completo por los soldados muertos, por los civiles muertos, por sus amigos muertos. De hecho, nos dijo que su vida se estaba convirtiendo en una sucesión de funerales, en un entierro tras otro de soldados, conocidos y amigos.

Su silencio y su aparente fragilidad no la hacían pasiva, sin embargo, y mucho menos cobarde. Es más, era una mujer de armas tomar. Literalmente. Su diario póstumo,

Looking at Women Looking at War (*Mirando a las mujeres que miran la guerra*), empieza con estas palabras: «Acabo de comprar mi primera pistola en el centro de Leópolis». Su intención, más que matar, era no dejarse matar sin oponer resistencia, sin luchar. Pero ¿de qué sirve una pistola (en caso de que Victoria la hubiera llevado consigo a Kramatorsk, que no creo) contra un misil supersónico? Ella confiaba en que la historia fuera benévola, al fin, con las «tierras de sangre» tan bien descritas por Timothy Snyder, pero no fue así. La malevolencia histórica de Putin evoca las peores barbaries del pasado ucraniano. Cuando su libro se publicó al fin en Estados Unidos y Gran Bretaña, la «operación militar especial» del nuevo zar de Rusia ya se había cobrado más de un millón de víctimas entre soldados rusos y civiles y soldados ucranianos. A Victoria solo le faltaba cortarse su melena, como habían hecho algunas de sus amigas antes de entrar como voluntarias en el ejército.

Lo anterior (su disposición al combate) yo ni siquiera lo intuía durante nuestro viaje. No la conocía por dentro y me había concentrado apenas en su aspecto, en su piel. Me intrigaba su rostro, que era al mismo tiempo serio, sonriente y triste, con esa tristeza que la sonrisa no logra borrar. Me intrigaban sus ojos desamparados pero compasivos y la ironía y el humor negro de sus pocas frases. Su actitud me hacía pensar en una viuda reciente o incluso en una madre a quien le hubieran matado a su único hijo en la guerra. En cada cosa que decía —y nunca desperdiciaba las palabras— se notaba su compasión, pero también su rabia, aunque enseguida ambas cosas eran matizadas por una salida graciosa o un puntillazo devastador de su ironía inesperada y también desesperada.

Al leer el principio del libro póstumo de Victoria, le pregunto a Catalina (que se encargó de rescatar sus pertenencias tanto en el sitio del atentado como en el hotel) si entre sus cosas había una pistola. Catalina me contesta:

«Solo volví a meter en su bolso lo que había en la mesa y lo que estaba en el baño (una crema, un potecito de champú, el cepillo de dientes, la piyama), pero no me fijé en lo que había dentro de la mochila».

¿Llevaba su pistola? No lo creo, pero al menos nosotros, sus amigos recientes colombianos, no lo sabremos con seguridad nunca.

*

En los viajes largos por carretera hay tiempo para callar y también para hablar. Si es una carretera de un país en guerra, el tiempo, las horas que se esfuman, en realidad, se usan sobre todo para aterrarse y mirar: tanques quemados a un costado de la carretera; campanarios caídos de una iglesia destrozada; escuelas y hospitales arrasados; puentes bombardeados sobre ríos que hay que cruzar vadeando; pueblos abandonados; retenes repentinos, imprevistos; pedazos de autopista que sirven como aeropuerto de emergencia porque están bombardeadas las pistas de los aeropuertos de verdad. Y en las pausas del mirar y del callar, cuando el paisaje deja de ser de guerra y parece una estepa fértil, bucólica y normal, Victoria contaba (en el puesto de atrás, tal vez para Catalina o para Sergio, no para mí) que tenía un marido lejano que vivía en Estados Unidos y era un genio informático, un hijo de once años que estaba refugiado en una ciudad polaca que ella no mencionaba (al cuidado de una tía abuela) y una perra blanca, Vovchytsia («loba» en ucraniano), que la esperaba en la casa de una amiga. Al hablar del marido parecía admirarlo desde lejos; era tierna y muy reservada al hablar del niño, y alegre cuando hablaba de Vovchytsia.

Una vez en su vida, hacía unos diez años, había cambiado de piel al dejar de ser ingeniera de sistemas para convertirse en escritora de cuentos infantiles y en novelista. Más tarde, desde la segunda invasión rusa, Victoria había cambiado otra vez de actitud ante la vida; dejó de escribir novelas: «Ya es imposible seguir inventándose historias. La realidad es mucho más intensa». Ahora era activista y se sentía obligada a contar el nuevo exterminio de la cultura ucraniana a manos de otro tirano ruso.

Un amigo suyo, el escritor tártaro Alim Aliev, me dijo que Victoria parecía estar en todos los sitios al mismo tiempo, como si fuera ubicua. Tal como se decía del protagonista de su primera novela, sufría de exceso de empatía, de exagerada compenetración con el sufrimiento ajeno. Era capaz de sufrir intensamente lo que otros sufrían. Esto hacía que se conectara muy bien con cualquier persona. Ante las situaciones extremas buscaba siempre la justicia, no desde el punto de vista legal, sino moral.

Con la guerra, ya no tenía tiempo ni ganas de escribir ficción. La realidad era mucho más fuerte y rotunda que cualquier cosa que pudiera imaginar. Tomaba apuntes casi notariales sobre los crímenes del ejército ruso, y para desahogar su indignación, su tristeza o su ira, escribía poemas o, al menos, composiciones breves partidas en renglones cortos, unas pocas palabras dispersas que parecían haber estallado en su mente o en su mano, como una granada, como metralla o esquirlas de una explosión cercana. Así lo dijo ella en una conversación virtual con representantes del Instituto Goethe: «Me doy cuenta de que la violencia ha destruido mi propio lenguaje. Es lo que la guerra te deja, las frases son lo más cortas posibles, la puntuación es un lujo redundante, el asunto poco claro, pero cada palabra lleva una gran carga de significado. Todo esto es aplicable a la poesía y asimismo a la guerra». Para ella, sus repetidas explosiones verbales no eran ni siquiera poesía:

NO ES POESÍA

Yo no escribo poesía
soy novelista
Es la realidad de la guerra
que devora toda puntuación
que devora la coherencia de la trama
que devora la coherencia
devora.
Como si la metralla atinara en el lenguaje
y las esquirlas del lenguaje
pudieran parecer poemas
sin serlo.
Esto tampoco es poesía
La poesía está en Járkiv
y es voluntaria en el ejército.

Lo cierto es que quizá cuando se tiene la experiencia de la guerra, las palabras empiezan a sobrar, a parecernos pura palabrería. Tal vez por eso yo no hablaba casi nada en el puesto de adelante que me dieron en el jeep de Dima. ¿Es posible que uno se pase casi en completo silencio el último día de su vida? Es muy posible, así es una agonía. Lo que sentía Victoria al querer ahorrarse las palabras es probablemente lo mismo que sintió Giuseppe Ungaretti cuando se alistó como voluntario al estallar la Primera Guerra Mundial. Tenía veintiséis años y entró en la infantería del ejército italiano. Ya en el frente (en las montañas entre Eslovenia y Croacia), se cuenta que llevaba consigo un cuaderno donde escribía muy breves apuntes, casi iluminaciones. Estos se convirtieron en su primer libro de poemas, impreso pobremente por un amigo, en 1916, y solo en setenta copias. Quizá el más famoso y económico de sus poemas sobre la guerra, «Soldados» (dos heptasílabos sincopados en versos más cortos), nos conmueve aún porque consigue describir con cruda y bella exactitud su situación y la de sus compañeros, muchachos apenas en la tercera década de sus vidas, pero que están siempre a punto de caer en las trincheras:

Si sta come
d'autunno
sugli alberi
le foglie.

[Se está como
en otoño
las hojas
en los árboles].

*

Había un detalle más, nada trivial para mí, que me hacía sentir cercano a ella, aunque creo que nunca se lo dije: Victoria tenía exactamente la misma edad de mi hija Daniela, y esto me generaba una dosis adicional de ternura y curiosidad. Que una mujer de la edad de mi hija tuviera que dedicar la vida, su joven vida de madre, a documentar el secuestro, la tortura y la muerte de inocentes y a denunciar la destrucción de su país por parte de uno de los ejércitos más poderosos que hemos visto, me resultaba insoportablemente injusto, triste e indignante. Si mi hija tuviera que dedicarse a algo así, por compromiso, a mí me darían ganas de golpear, de gritar, de matar a dentelladas. Pero que ella, Victoria, fuera capaz de entregarse a esto, y no simplemente a cuidar su vida y la de su hijo, la convertía también, para mí y para muchos, en una heroína, en alguien que hacía lo que había que hacer, lo necesario, con una valentía extraordinaria, y sin el menor temor, es más, casi con la serena convicción de que eso podía costarle la vida. Según contaron algunas de sus amigas, en el último año Victoria hablaba mucho de la muerte, y no de la muerte en abstracto, de su muerte.

Victoria y mi hija habían venido al mundo en 1986, un año fundamental para la historia de Ucrania y de la URSS, pues fue en el 86 cuando ocurrió la catástrofe de Chernóbil, no muy lejos de Leópolis, donde Victoria había nacido el 1 de enero. Mi hija había nacido en mayo, unos 1.800 kilómetros más hacia occidente, en Turín, pero también allí, en la capital del Piamonte, los efectos de esa lejana explosión se habían sentido.

Quizá, como ya he dicho, el rasgo más llamativo del aspecto exterior de Victoria Amélina —muchos al recordarla se refieren a él— era su palidez espectral. Y yo he atormentado toda la vida a mi hija por su extrema palidez. Cada vez que no me cuido le digo (medio en broma, medio en serio, medio en miedo) que quizá esa tez suya, a veces tan anémica, se deba al hecho de haber venido al mundo bajo el signo invisible de los residuos atómicos que envenenaban el aire en esa luminosa primavera del 86. Anoté esto en mis diarios el 22 de mayo de aquel año, al regresar del Ospedale Sant'Anna en la madrugada, después de asistir al parto al lado de su madre, tomándole la mano inútilmente:

Nace mi hija en Turín mientras la nube de Chernóbil se cierne sobre Europa.
Ella no está hecha a imagen y semejanza de nadie. Llora pasito, como si fuera tímida. Respira pocos centímetros cúbicos de aire, come dos gotas, y eso le basta. Es una piedra preciosa perfectamente labrada, una miniatura. Al volver del hospital, a las cuatro de la mañana, vi, de repente, a mi izquierda, alta y furiosa, una luna metálica que me llamaba. El día había sido una sucesión de tempestades. Pero cuando nació, salió la luna, la serena luna.
Me asusta su fragilidad. Cabe en mi antebrazo, no es capaz de sostener la cabeza. Parece un boxeador en miniatura, después de un round perdido, con la nariz pegada a la cara, como de plastilina. Las manos tienden al morado y a veces se estremecen. Llora con un gemido tan tenue como los ausentes quejidos de su madre. Las amo. Voy a

volverme un papá atolondrado y no me importa nada. Mi vida propia, personal, ha perdido importancia y ha ganado alegría. El tiempo que voy a pasar mirándola debe contarse en años. Demasiado feliz para sentir el cansancio, demasiado descansado para no preocuparme. En medio de las nubes radiactivas vale la pena que nazcas. El rito se repite para arrancarle a la vida un poco de alegría.

Resulta, pues, que en la primavera del año 86 esas nubes radiactivas no habían respetado las todavía herméticas fronteras de la Cortina de Hierro y de la Ucrania soviética, y habían llegado a Italia traídas a Occidente por el viento. Por tal motivo, la leche UHT envasada antes del 26 de abril era la única segura y estaba reservada para las madres gestantes o lactantes y los bebés nacidos en esas semanas fatídicas en las que estuvimos a punto de padecer una tragedia ambiental de dimensiones planetarias. Según estudios hechos en aquellos días, la leche ordeñada en el norte de Italia después de finales de abril podía ser nociva para los fetos o los niños recién nacidos, ya que las vacas se habían alimentado de hierba regada, es decir, contaminada, con lluvia radiactiva.

Esta coincidencia de fechas entre Victoria y mi hija me generaba también, y cada vez más, un sentimiento de ira con los rusos y compasión por Victoria. ¿Cómo era posible que una artista como mi hija, y de su misma edad, quisiera ser o no le importara ser mártir? Recuérdese que mártir viene del griego *martyr*, que quiere decir testigo, alguien que da testimonio de lo ocurrido.

Aunque al mismo tiempo, Victoria bromeaba siempre sobre el peligro para ella, restándose importancia: «¿A mí? ¿Qué me va a pasar a mí? Por favor».

*

Para muchos historiadores el espíritu libre y crítico de Gorbachov, unido al absurdo secretismo con que se manejaban siempre las malas noticias en la URSS, y en especial los silencios, los ocultamientos y las mentiras sobre la catástrofe de Chernóbil, están entre las causas más evidentes del colapso de la Unión Soviética en 1991. Ese gran fracaso científico y técnico le demostraba al orgullo soviético que su sistema no era para nada superior a los otros, a esas democracias decadentes a las que siempre había denigrado. Victoria creció precisamente en esos años de reforma y esperanza, pero también de grave crisis económica.

Al principio, pese a la independencia de Ucrania (firmada el 24 de agosto de 1991, día del nacimiento de Simón, mi segundo hijo), como los gobernantes de Rusia y de los países que surgían de la desintegración de la URSS se fueron convirtiendo en oligarcas (o al revés y al mismo tiempo, los oligarcas en gobernantes, muchos de ellos provenientes del viejo aparato comunista) que se iban apoderando astutamente de todas las riquezas y empresas estatales, Victoria fue educada como si siguiera siendo, o como si se quisiera que llegara a ser, rusa. Su crecimiento intelectual, su independencia e identidad como persona pensante, según ella misma lo contaba, consistió en irse apartando de la herencia rusa para poder integrarse poco a poco en la conciencia de ser una ciudadana de su verdadero país existente y todavía en ciernes, casi soñado, Ucrania.

¿Qué es ser ciudadano de un país?, se preguntaba Borges en uno de sus cuentos: «Es un acto de fe». Ser colombiano, chileno, catalán, ruso, ucraniano no es la emanación de ninguna esencia metafísica. Es una ficción (el uso de esta palabra aquí, y en este contexto, es del muy lúcido Yuval Noah Harari) compartida y creída en un cierto momento por un número suficiente de personas que entre todas deciden que España, Ucrania, Europa existen. Es algo que se desarrolla y se comparte al mismo tiempo en la mente de muchas personas; algo que en ocasiones cuesta mucha sangre y mucho sufrimiento. Esa misma sangre y ese sufrimiento están consolidando hoy, y creo que ya para siempre (ese «siempre» de las historias humanas que es finito por necesidad), la existencia de Ucrania como nación, como país y como cultura independientes. Independiente, sobre todo, de Rusia, porque quizá no haya nada que independice más que las ofensas, el odio y el resentimiento por los crímenes y las humillaciones padecidas.

Victoria, en una conferencia luminosa que pronunció en la Universidad de Iowa, explicó cómo, a pesar de haber nacido en Ucrania, había sido educada para ser rusa. Esto era aún más fuerte por el hecho de que buena parte de su familia fuera de Sloboda (es decir, de los territorios libres de Ucrania), en el este del país. En esta conferencia ella relata de qué modo fue adquiriendo la conciencia y el pundonor de ser ucraniana. Así lo contó:

> *Nací en el oeste de Ucrania en 1986, el año en que explotó el reactor nuclear de Chernóbil y la Unión Soviética comenzó a desmoronarse. A pesar del lugar y el momento de mi nacimiento, fui educada para ser rusa. Existía todo un sistema que tenía como objetivo hacerme creer que Moscú, no Kyiv, era el centro de mi universo. Asistí a una escuela rusa, actué en un teatro escolar que lleva el nombre del poeta ruso Alexander Pushkin y rezaba en la iglesia ortodoxa rusa. Incluso disfruté de un campamento de verano para adolescentes en Rusia y asistí a reuniones de jóvenes en el centro cultural ruso en Lviv (Leópolis), donde cantábamos la llamada música rock rusa.*
>
> *Cuando tenía quince años, gané un concurso local y fui escogida para representar a mi ciudad natal, Lviv, en un concurso internacional de idioma ruso en Moscú.*
>
> *Tenía muchas ganas de visitar la capital rusa. Las últimas líneas del segundo acto de* Las tres hermanas *de Anton Chéjov, «¡A Moscú! ¡A Moscú! ¡A Moscú!», podrían haber sido fácilmente mis palabras en ese momento. Moscú me parecía el centro de lo que yo consideraba mi hogar. Mi biblioteca estaba llena de clásicos rusos y, aunque la Unión Soviética se había derrumbado casi una década*

antes, no había muchos cambios en la escuela rusa a la que asistía ni en la televisión rusa, que mi familia tenía la peligrosa costumbre de ver. Además, aunque no tenía dinero ni siquiera para viajar por Ucrania, Rusia invirtió en mi rusificación sin dudarlo.

En el concurso de Moscú conocí a niños de todos esos países que Rusia luego intentaría invadir o asimilar: Letonia, Lituania, Estonia, Kazajstán, Armenia, Azerbaiyán, Georgia y Moldavia. La Federación Rusa invirtió mucho dinero en criar como rusos a niños como nosotros de las «antiguas repúblicas soviéticas». Probablemente invirtieron más en nosotros que en la educación de los niños de la Rusia rural: los que ya estaban conquistados no necesitaban dejarse tentar con campamentos de verano y excursiones a la Plaza Roja.

Afortunadamente, creo haber resultado una de las peores inversiones de la Federación Rusa.

En Moscú, una famosa periodista de ORT, uno de los principales canales de televisión rusos en ese momento, se acercó a mí para una entrevista en las noticias de la noche. Me sentí halagada, y casi me sentía como una estrella. La periodista comenzó con una pregunta educada sobre si me gustaban el evento y la capital rusa, pero rápidamente pasó a su agenda real. Dijo que todos sabíamos que los hablantes de ruso estábamos oprimidos y luego me invitó a participar en la propaganda: «¿Qué tan oprimida te sientes como hablante de ruso en el oeste de Ucrania? ¿Qué tan peligroso es hablar ruso en las calles de tu ciudad natal, Leópolis?».

Suspiré al darme cuenta de que no era una estrella en absoluto; simplemente me estaban utilizando para manipular a millones de espectadores de los noticieros vespertinos. La enorme cámara me observaba y por primera vez en mi vida había un gran micrófono profesional frente a mí. Yo solo tenía quince años. Pero en esa fracción de segundo, tuve que descubrir de una vez por todas dónde estaban los límites de mi hogar. Después de todo, no era rusa: era una niña ucraniana llevada a Moscú para reforzar ciertas narrativas rusas. Puede que hubiera creído que Rusia era un gran país pacífico en su esencia, pero pensaba así solo por haber visto siempre ese mismo canal que ahora intentaba manipular a una chica inexperta de quince años como yo.

«Después de nuestra compleja historia, sería natural que los ucranianos se sintieran incómodos y reaccionaran a veces así contra el idioma ruso. Sin embargo, no experimento ninguna opresión. Tal vez su información esté un poco retrasada en el tiempo. Soy joven, y ese problema no existe entre la generación más reciente», respondí.

La periodista, o más bien la propagandista rusa, intentó volver a preguntarme, pero mis respuestas no iban a cambiar. Conmigo había fracasado.

*

Me demoré en entender, pero al fin comprendí por qué, en mi trato con Victoria, había una cierta reticencia recíproca. Es algo muy común entre colegas escritores. A casi todos nosotros nos importa mucho, creo que demasiado, lo que hacemos, las palabras e historias que hemos juntado con mucho esfuerzo a lo largo de los años. Ambos teníamos claro que yo no había leído ninguno de sus libros, de sus poemas o ensayos, y que ella tampoco había leído nada mío. Cuando un escritor no ha leído a otro, la conversación entre ellos se hace ardua y es común que entre los dos se instale una especie de timidez teñida de culpa. Vamos a ciegas, los escritores, si no nos hemos leído. Al fin y al cabo, los escritores no somos casi nada, o, mejor dicho, somos casi tan solo lo que hemos escrito.

*

Con el propósito tácito de solucionar este lío sin importancia de no habernos leído, la noche del 26 de junio, en el pequeño Hotel Gut de Kramatorsk, intercambiamos nuestros libros como si nos donáramos sangre: yo le entregué un ejemplar de la versión ucraniana de *El olvido que seremos*, y ella me mostró en la pantalla de su teléfono la edición española de su segunda novela, *Un hogar para Dom*, publicada por una pequeña editorial de Madrid,

Avizor, casi tan pequeña y marginal como la mía en Ucrania, Compás. El diseño de la portada me encantó, y se lo dije. Victoria me confirmó que también a ella le gustaba mucho y la miró un momento más, con orgullo. Luego me dijo que le escribiera mi dirección para pedir que me mandaran a Madrid un ejemplar.

Al día siguiente, por la mañana del día del atentado, en el pequeño comedor del hotel, Victoria me contó que la noche anterior le había escrito a su editor, José Manuel Cajigas, para que me hiciera llegar un ejemplar de su novela a mi dirección en Madrid. Me dijo, contenta, que él en persona iba a pasar ese mismo día por mi casa y que iba a timbrar en todos los pisos para dejarme el libro con algún vecino.

*

Victoria nos lleva a Kapytolivka, una aldea cerca de Izium, y a la residencia del poeta y escritor de libros infantiles Volodímir Vakulenko. Pasamos ante la casa donde él vivía y donde aún vive su padre, un hombre destrozado y alcoholizado por la pérdida de su hijo. Victoria no está convencida de entrar sin permiso al jardín, pero conseguimos convencerla de que no se trata de una invasión, sino de un homenaje, y al fin entramos. (Mucho más tarde yo comprendería que la reticencia de Victoria por dejarnos entrar al jardín no era porque estuviéramos invadiendo una propiedad ajena, sino por la posibilidad de que los rusos hubieran dejado minas plantadas por allí, como de hecho ocurre por todo el campo de esa región del este de Ucrania). Las paredes de la casa están cubiertas de orificios de bala por sus cuatro costados, de cuando los rusos, derrotados e iracundos, se vieron obligados a abandonar la aldea por la llegada del ejército ucraniano.

En el solar de atrás hay un pequeño huerto, y Victoria nos lleva directamente al cerezo donde encontró enterrados los diarios de Vakulenko, protegidos por un plástico y amarrados con un cordel. Le pido permiso para encender el video de mi celular y hacerle algunas preguntas. Victoria acepta.

Le pregunto cuántas páginas tenía el diario. Treinta y seis, me dice. Unas cinco mil palabras. Me señala el lugar exacto donde encontró y desenterró los diarios de Vakulenko. Cómo lo hiciste, le pregunto, ¿con las manos? No, con una pala, me aclara. El padre había intentado encontrarlos, infructuosamente, durante las semanas anteriores. El escritor le había dicho a su padre, antes de ser detenido por segunda vez por los rusos: «Entrégaselo a los nuestros, cuando los nuestros vengan». El padre, con solo ver a Victoria, la consideró una de «los nuestros», y le indicó el árbol bajo el cual debía estar el cuaderno, en algún lado.

Le pregunto si lo conocía, si eran amigos. No éramos amigos, me dice Victoria. Lo había visto tan solo una vez, poco tiempo, en algún encuentro de escritores de literatura infantil. Vakulenko, de cuarenta y nueve años, tenía un hijo de trece, Vitaliy. A su niño le habían diagnosticado autismo a los dos o tres años, y el padre desarrolló una conexión muy íntima con él. Escribió varios libros infantiles para él, me sigue contando Victoria. El más conocido es una colección de poemas, *El libro de papá*. Ahora Vitaliy vive con la abuela en el mismo pueblo, no muy lejos de ahí, a unos doscientos metros de la casa donde vivían su hijo y su nieto.

Cuando los rusos entraron a la aldea de Kapytolivka, en marzo del 2022, apenas un par de semanas después del principio de la invasión, saquearon todas las casas donde no encontraron residentes (la gran mayoría había huido ante el avance de los tanques rusos), se llevaron los víveres de los almacenes, se robaron los automóviles y cualquier cosa útil que encontraran a su paso. El poeta Vakulenko no había querido irse y en su diario alcanzó a quejarse del hambre que padecían a causa de los saqueos de los soldados rusos; le parecía imposible marcharse con su hijo, con su padre anciano. Imposible dejar sola a su madre (que estaba separada de su padre). Se quedaron todos.

El 22 de marzo de 2022, los rusos entraron en la casa de los Vakulenko y la registraron de arriba abajo. Les molestó que hubiera muchos libros; cualquier ucraniano con libros resultaba muy sospechoso para los invasores. Si tienen colores azules y amarillos en las pastas, los hace, más que sospechosos, culpables. Se llevaron libros y documentos. Después de la requisa resolvieron llevarse también al dueño de esos libros con su hijo, el niño de trece años. Los llevaron a una casa ocupada que servía de comando para los invasores, y allí los interrogaron durante horas; se enfurecían porque el niño no dijera ni una palabra. Finalmente los soltaron, pero el padre sabía que las cosas no se iban a quedar así.

Al regresar a su casa, me dice Victoria, Vakulenko entendió que estaba en peligro inminente. Estaba seguro de que ellos iban a volver por él. Fue entonces cuando escribió precipitadamente las menos de cuarenta páginas de sus diarios, el recuento de los días de la invasión de su aldea, el hambre, el miedo. Las terminó en poco tiempo y, seguro de que se los requisarían, las enterró en el jardín por la noche. Al padre fue al único a quien le dijo dónde las había enterrado y a quiénes se las debía entregar si algo le pasaba.

Victoria me cuenta que Volodímir trataba de ser cauteloso con los rusos; no hablaba demasiado, omitía decir todo lo que pensaba de la ocupación de Ucrania y de su pueblo. En los mismos diarios dice que le hubiera gustado ser más valiente, pero que tenía este hijo que lo necesitaba, y que por eso era más cuidadoso. Pero los rusos se dieron cuenta de que él era un hombre capaz de expresarse bien y de defender a su comunidad activamente. Los profesores, maestros, policías, alcaldes son siempre su primer objetivo; ser alcalde es muy peligroso: los rusos suelen matar a los alcaldes; ser escritor también es una profesión sospechosa. En una pequeña ciudad cerca de Kyiv (me cuenta al margen Victoria) mataron a la alcaldesa, a su marido y a su hijo.

Muchos alcaldes son torturados. Algunos han podido regresar de sus detenciones, gracias a algún intercambio de prisioneros, y han contado lo que les hacen. Intentan quebrarlos con un trato degradante. Lo importante para los rusos es que nadie mantenga la identidad ucraniana. Saben que destruyéndolos a ellos, a sus líderes y representantes, la comunidad va a ser más débil, va a estar más indefensa. Como los que regresan cuentan la verdad, cada vez se ha vuelto más difícil que los rusos acepten intercambios de prisioneros. No les conviene que se sepa cómo los tratan, cómo los han torturado, vejado, intentado destruir física y psicológicamente.

Victoria me cuenta que en la investigación que está terminando ha documentado también la forma en que los rusos secuestran niños después de haber matado a sus padres. Algunos ni siquiera son huérfanos, o les quedan abuelos, tíos, parientes. A los niños no los matan sino que los declaran abandonados y se los dan a familias rusas para que los adopten. Se llevan vivos también a algunos adultos. Detienen a todo aquel que les resulte sospechoso de estar comprometido con la causa de una Ucrania íntegra y libre. En esta región de Izium, se llevaron a más de trescientos prisioneros civiles, la mayoría hombres, pero también mujeres, y muchos de ellos fueron torturados con electrochoques. Otros nunca regresaron. Fueron desaparecidos o siguen presos.

Volodímir Vakulenko era un activista discreto pero valiente, sigue diciendo Victoria. Hablaba siempre ucraniano, y esta era sin duda una de sus faltas más graves. Él ya sabía que no lo dejarían en su casa. No se irían sin él. Efectivamente, al día siguiente los rusos regresaron, y al padre le tocó ver cuando se lo llevaron. Después de esto, ni sus padres ni su hijo volvieron a verlo vivo. Cuando el ejército ucraniano liberó la zona de Izium, Vakulenko fue encontrado en una de las tumbas donde habían enterrado a las víctimas ucranianas. Las tumbas estaban numeradas. Tenía todavía su pasaporte. Estaba en la 319. Sin fecha de muerte. Al parecer no lo llevaron muy lejos. Lo mataron en la carretera entre Izium y Kapytolivka.

Después fue llevado a una fosa común, según contó el periodista Jon Lee Anderson en *The New Yorker*, «con los cuerpos de más de cuatrocientas personas, entre las cuales había casi doscientas mujeres. Muchos de estos cuerpos tenían rastros de tortura. Vakulenko fue asesinado con dos balas disparadas desde una pistola Makarov».

Mientras voy viendo el video y tomando los apuntes de lo que ella me dice, llega un momento en que le pregunto:

—¿Cuándo crees que lo mataron?

Ella me responde:

—Podemos solo adivinar, pero seguramente fue entre el 21 de marzo y finales de abril.

En este punto ocurre algo extraño; miro la fecha en que estoy transcribiendo la entrevista que le hice a Victoria. Es 21 de marzo de 2024; nunca antes me había sentido capaz de ver y oír completa la entrevista en el jardín de Volodímir Vakulenko, bajo el cerezo donde él dejó enterrado el diario que escribió poco antes de que se lo llevaran.

Victoria explica que debieron matarlo por esas fechas porque su cuerpo fue encontrado el 12 de mayo, y ya empezaba a descomponerse.

Pregunto si hubo una autopsia. Sí, lo mataron con dos balazos. Hay muchos testimonios de que a los detenidos los torturaron, aunque ya no se podían ver en el cuerpo los signos de la tortura.

—Vine aquí porque supe que había un escritor desaparecido y elevé el caso a Truth Hounds. No lo supimos antes, durante la ocupación; PEN Ukraine no lo sabía. No había conexión, no había electricidad ni gas, y marzo fue muy frío en el 2022. A la gente no se le permitía llamar a los parientes. En los diarios, él decía hasta el final que confiaba en una victoria de Ucrania. A principios de abril supimos de la desaparición de Vakulenko, di esta información al PEN de Ucrania para que se hiciera un comunicado para todos los PEN del mundo.

Le hago una última pregunta:

—¿Por qué crees que los rusos no se llevaron también al padre?

Victoria lo piensa un momento y me contesta con amargura:

—Porque… era suficiente llevarse al hijo para destruir al padre.

Esto fue lo último que ella me dijo en esa entrevista. Lo último que ella dijo en la que fue, seguramente, su última entrevista.

Me doy cuenta de que Victoria nos obliga a todos a pensar, es decir, a callarnos y pensar bien en lo que ella, tan seria, nos relata.

A la salida de la casa de Vakulenko, nos encontramos con Yulia, la bibliotecaria de la aldea. Yulia y Victoria se abrazan y conversan. Dima, con discreción, nos va traduciendo y contando lo que se dicen. Hay lectores del caserío que ya han leído todos los libros de la biblioteca y pasan por allí una semana tras otra, a ver si ha llegado algo nuevo para leer. Victoria le promete que al volver a Kyiv va a hacer una colecta entre sus amigos y le va a mandar una caja con más libros. Mientras dice esto yo recuerdo que tengo algunas copias de mi libro traducido al ucraniano y voy corriendo por una. Regreso con el libro en la mano y le digo a Yulia que se lo regalo con mucho gusto. Se lo dedico rápidamente, no sé bien si a ella o a la biblioteca de la aldea. Nos damos un abrazo, tenemos que irnos pronto hacia Kramatorsk, y antes vamos a parar brevemente en otros lugares bombardeados por Rusia, especialmente en una escuela, una iglesia y un hospital, esos sitios que —se supone— son respetados hasta por los ejércitos más sanguinarios.

Victoria toma una foto de mi despedida de Yulia, la bibliotecaria. Recuerdo haberle dicho que yo también había sido bibliotecario en Medellín. Como ella habla muy poco inglés, no creo que me haya entendido. Esa foto es la última publicación que aparece en la cuenta de Twitter de Victoria. Y dice algo que, al fin, me explica a mí mismo el modesto sentido que pudo haber tenido este viaje al corazón de las tinieblas:

La casa que se ve al fondo a la derecha es la del poeta Vakulenko, donde todavía viven su padre y, cuando no está con la abuela, su hijo. De allí se llevaron al poeta una madrugada para castigarlo, torturarlo y matarlo con un par de tiros de gracia. Para castigarlo por el único delito de querer ser ucraniano. Es un pequeño Federico García Lorca, pero no en 1936, sino en 2022. El crimen fue en Ucrania, en su Ucrania. La tozuda y longeva oscuridad del mal sigue muy viva aún en nuestro maltrecho siglo XXI. El crimen fue en la Ucrania ocupada por el fascismo que se obstina en renacer en muchas partes del mundo.

*

La tarde del primer día de viaje hacia el Donbás volví a escribir en el grupo familiar de WhatsApp:

> *Yo: Todo va muy bien, hijos míos. Estamos saliendo de Izium y vamos a dormir en Kramatorsk. El frente está muy lejos todavía.*
> *Dani: Bueno, padre, síguenos informando.*
> *Yo: Lo duro es que recorriendo esta parte recuperada por Ucrania los rusos, al ser desalojados, solo dejaron destrucción y muerte. Es muy doloroso.*

También les mandé algunas fotos de los desastres de la guerra:

Yo: Escuela destrozada.

Yo: Iglesia en ruinas.

Ya a las 19:15 de la tarde les reporté la llegada al sitio donde íbamos a dormir:

Yo: Llegamos al Hotel Gut en Kramatorsk. Sergio a la entrada. Esta ciudad nunca se la tomaron los rusos. Y está suficientemente lejos del frente. Todo en calma y bien. Muchos besos para todos.
Daniela: Besos, padre. Sigue reportando.
Alexandra: 🖤

A las 7 a.m. del 27 me reporté nuevamente:

Yo: Ahora vamos a salir para pueblitos en esta región. Vamos a entrevistar a soldados que están luchando en el frente. Noche tranquila.

Más tarde, las 13 h, les envié una foto con Sergio, tomada por Victoria:

Yo: Una casa y un edificio destruidos hace dos meses por un misil S-300 ruso en Sloviansk. El frente está a unos 35 km. No les mando todo. También hay puentes volados, tanques rusos y ucranianos calcinados, tumbas de soldados, árboles heridos y derribados por la metralla. ¡Aguanta, Ucrania!

Simón: Qué cosa tan brava. Desde el 2014 sufriendo por todos lados.

Yo: Exacto. La invasión empezó en el 14.

Alexandra: Muy triste todo. Pero si estás a 35 km del frente, ¿no hay nada de qué preocuparse? Eso no me parece lejos a mí.
Simón: Pienso lo mismo.
Yo: Son 35 km planos, como de Medellín a La Ceja.
Daniela y Manuela: 🫣
Daniela: ¿Ya no vuelves hoy?
Yo: Mañana volvemos a Kyiv.
Alexandra: ¡Aguanta, Alexandra!

A las 15:30 mandé otra foto. Esta la tomó Catalina. Tres caras muy distintas. Creo que cada una lo dice todo sobre nuestro estado de ánimo. Lo más raro es que esa tarde Victoria estaba como en éxtasis, extrañamente feliz. Parece dejarse acariciar por el viento y por la vida con total plenitud:

Ya no hay más fotos ni intercambios por chat ese día con mi familia. Después del atentado, cuando me alejé del restaurante, y me sentí renacer, ya no mandé textos, sino que llamé, para poder oír y para que oyeran mi voz.

*

Durante el largo viaje en carro hacia el oriente de Ucrania, Victoria y yo empezamos algunas conversaciones, pero fueron siempre charlas fragmentarias que por uno u otro motivo se interrumpían. En una parada técnica de baño y café quisimos encontrar por lo menos algunas lecturas comunes, algunos libros ajenos que funcionaran como señales de nuestros intereses literarios, algún gusto compartido.

Creo haberle mencionado a los escritores nacidos en Ucrania que yo conocía y que, como ya habrán notado, me obsesionan. Le hablé de Vasili Grossman y su extraordinaria *Vida y destino*, pero no me contestó nada; le mencioné a dos de las más grandes escritoras latinoamericanas, Clarice Lispector y Alejandra Pizarnik, que ella no conocía. Me referí a Joseph Conrad, hijo de la minoría polaca de una ciudad donde el 80% de los ciudadanos eran judíos o ucranianos, Berdýchiv, que además compartía con muchos ucranianos una profunda desconfianza por los gobiernos rusos, bien fueran estos zaristas o bolcheviques y que siempre sintió culpa por haberse exiliado en Gran Bretaña y en la lengua inglesa, en lugar de enfrentar a los rusos, como su padre, el poeta polaco Apollo Korzeniowski. Victoria asintió y se declaró también entusiasta de Conrad. Le conté que a esa misma Berdýchiv había acudido Balzac en su último viaje, para casarse por fin, y casi *in articulo mortis*, con aquello a lo que aspiraban algunos de sus personajes más llamativos y ansiosos de ascenso social: una mujer rica y noble, la condesa Éveline Hańska. Balzac había mantenido una larga correspondencia con ella, su fiel lectora, y se habían visto esporádicamente en Francia, pero solo pudieron casarse cuando ella al fin enviudó de su conde ucraniano, Vincenslas Hanski. La ceremonia se celebró en 1850 en la iglesia de Santa Bárbara. Balzac había llegado desde Francia a Ucrania por mar, atracando en Odesa, y luego por tierra hasta Berdýchiv. Victoria me sonrió, no conocía esa historia de amor, y aunque había leído a Conrad y a Balzac, por supuesto, no me dijo nada sobre Grossman. Ella me habló del poeta nacional ucraniano por excelencia, Tarás Shevchenko, y yo tuve que reconocer que no había leído ni un solo verso suyo.

Quizá lo único que nos conectó fue que volviera a mencionarle esa región, esa entidad política y geográfica bastante efímera: Galitzia. Victoria me explicó que el hecho de que su vieja capital tuviera tantos nombres era un indicio de su historia compleja, multicultural, dominada a veces por los polacos, por los lituanos, por los rusos, por los austríacos, por los ucranianos. Leópolis, me recitó Victoria, es Lviv para los ucranianos, Lemberik para los judíos, Lemberg para los alemanes, Lwów para los polacos y Lvov para los rusos. En su segunda novela, me contó, ella hacía alusión a un escritor polaco, Stanisław Lem, que había nacido también en su ciudad y que había crecido en el mismo apartamento donde vivían los protagonistas de su libro.

Aquello que alguna vez se llamó Galitzia había sido, pues, un escenario fundamental de todas las guerras y divisiones territoriales de Europa central. Galitzia, sostuvo Victoria con cierta nostalgia, había sido durante algún tiempo el corazón del corazón de Europa, aunque muchos en Europa no conocieran ese corazón ni siquiera de nombre. También recuerdo que me recomendó enfáticamente a dos autores en lengua inglesa que yo no había leído, pero que semanas después me ayudarían a entender las más profundas laceraciones de la historia de Ucrania: Philippe Sands y Timothy Snyder, autores respectivamente de los magníficos *Calle Este-Oeste* y *Tierras de sangre*, que ya he mencionado antes.

*

Catalina, cuando nos dirigíamos hacia un sitio más cercano al frente (donde no nos mostrarían exactamente la guerra, pero sí nos harían una demostración de cómo se prepara esta y de cómo entrenan a los nuevos soldados en el uso de los cañones antitanque), al notar mi nerviosismo y mi reticencia por acercarnos más al campo de batalla, me dijo con la justificada dureza de una periodista curtida cuando se dirige a un periodista de escritorio, como he sido yo:

—Si tienes miedo, nos devolvemos.

Que era como decir «si quieres, manifiesta explícitamente tu cobardía y nos perdemos una experiencia única». Su tono (justificado, insisto) era el de alguien que ya tiene sobre el esternón un callo muy grueso.

Entonces yo dije:

—Vamos, pero no más allá, porque quiero volver a ver a mi esposa y a mis hijos.

*

Ya he dicho once veces que a mí no me gustaba la idea de postergar el regreso, alejarnos de Kyiv y acercarnos al frente de batalla. ¿Para qué nos vamos a arriesgar más, si ya venir a Kyiv es exponernos bastante? Nada más ridículo que hacerle esta pregunta a Catalina Gómez. Su vida ha sido cubrir guerras en los sitios más peligrosos y azarosos del mundo. La última vez que hablé con ella, hace poco, estaba saliendo para Siria, a cubrir en directo la caída de Bashar al-Asad, como ya había cubierto años antes la de Gadafi. En ese momento Catalina vivía en Ucrania (¿dónde más?), como corresponsal de guerra. Su experiencia, en todos los frentes de batalla existentes en los últimos veinte años, la ha convertido en una mujer impasible que me permite decir que no le tiene miedo a nada o, mejor dicho, que ni siquiera se pregunta si tiene miedo o no. En cada caso ella sabe qué es lo que hay que hacer, y lo hace. Ha cubierto, serena y solidaria, pero impertérrita, todas las guerras del Medio Oriente: Gaza, Irak, Irán, Israel, Libia, Siria... Está acostumbrada a ver el horror de cerca y a mirar la muerte, sin parpadear, a la cara.

Pero a mí nunca me ha gustado la cercanía con la muerte. Más que miedo, siento una especie de incomodidad al tratar con la Señora. Podría decir, simplemente, que tengo miedo, pero el miedo no describe bien lo que siento. Más que miedo a morir (y contradiciendo lo que dije antes sobre mi pérdida paulatina de todos los sentidos), lo que sigo teniendo son ganas de vivir. Quizá por todo esto, lo único que me atrevo a decirle a Catalina, como expresando un cierto anhelo, es que me gustaría volver a ver a mis hijos, a mi mujer y a mis hermanas.

Sergio y Catalina no tienen hijos. Tienen mujer y marido, y creo que también hermanos. Sergio tiene viva a su madre y Catalina, a su padre. Pero creo que mi perorata sobre el amor a los hijos les parece un exceso sentimental, verdadero en mi caso, pero también un poco exagerado, un poco cursi. No dicen nada, pero me miran como yo miro a alguien que cree en las energías, en la adivinación por el vuelo de las aves, en el horóscopo y en las cartas astrales.

*

Todos tenemos prejuicios, y es posible que cualquiera que hubiera visto a finales del siglo pasado a esa joven bajita y de apariencia frágil (tan delgada que parecía que el viento se la fuera a llevar por el aire como una hoja) no habría pensado nunca que esa chiquita de mirada fija iba a ser capaz de conducir su vida por donde ella quería. ¿Quién iba a adivinar que una persona así era la más capacitada para enfrentar el destino con la fuerza y la resolución que se requieren para no sucumbir a sus caprichos? Nadie, y, sin embargo, casi treinta años después, la colombiana que quería vivir en Persia pasa buena parte de su vida en Teherán; y la que quería ser periodista de campo, no solo lo es sino que, desde el Medio Oriente y desde Ucrania, se ha convertido, con la constancia y la fuerza de su pequeño cuerpo, y con la firmeza de su mente lúcida y resuelta, en una de las reporteras de guerra más importantes de América Latina.

Catalina Gómez se mueve con soltura en los países más complejos y violentos del mundo, y uno, al ver cómo se desenvuelve por ahí como si tal cosa, lo único que siente es admiración, respeto, y unas ganas irreprimibles de oír sus historias, de casi no creer que sean verdad, y luego, al saber que lo son, de abrazarla y darle las gracias por todo lo que ha vivido, por todo lo que nos ha contado y por todo lo que nos ha hecho ver. Porque eso es Catalina: una mujer que con su mirada nos abre los ojos y nos permite ver más a fondo, es decir, comprender.

Pero más vale empezar por el principio.

Cuando, en el milenio pasado, yo escribía en la revista *Semana* (en la de esa época, la de Antonio Caballero, Felipe López y Alejandro Santos), su editor más ecuánime, Rodrigo Pardo, me pidió que fuera a la redacción a conversar con los periodistas jóvenes y con los practicantes del semanario más leído en Colombia. Entre estos estaba esa joven de apariencia frágil, Catalina Gómez, que, pese a su envoltura, estaba llena de perspicacia, de preguntas curiosas, y poseída por una firme vocación de ser testigo de las cosas que pasan, es decir, de no ser periodista de oficina y escritorio, sino de campo, de la ciudad, de la calle y la vida. Su lema podría ser el de todos los periodistas de pura cepa: si-no-se-va-no-se-ve, los siete monosílabos que representan a los reporteros de verdad.

Que llegara a ser también corresponsal de guerra no estaba todavía en sus planes, pero años después llegaría a serlo, y de primera categoría. Esta vocación de reportera se combinaba al principio, creo, con alguna faceta más frívola y entretenida (la farándula, el fútbol) y otra más altruista (una dolorosa compasión y comprensión por el sufrimiento de los otros).

La versatilidad vital y laboral de Catalina se manifestaba en su capacidad de vivir y de sentirse cómoda en mundos muy distintos: el de los goles, la moda y los chismes de sociedad, pero también en los reportajes de asuntos más serios y —años más tarde— en la angustia, la devastación y el dolor de la guerra. «Ella es realista y va de hecho en hecho, muy tranquila, sin hacer aspavientos», me dijo alguien que la conoce bien. «Sabe moverse con propiedad en cualquier ambiente, en cualquier parte. Todo lo hace con espontaneidad, empatía y cariño; de un modo discreto y dulce, sin imponerse; es capaz de quedarse con lo bueno de la gente con la que se cruza, solo con lo bueno. Se acuerda de todo el mundo y tiene la virtud de que casi cualquier persona sin excepción le cae bien, genuinamente bien. No habla mal de los otros; olvida los agravios, no se queda rumiando rencores».

Catalina comparte (quiero decir, compartía) con Victoria una extraordinaria capacidad de ser empáticas. La primera novela de Victoria, publicada en 2014, *El síndrome del otoño* (*Homo Compatiens*), tiene que ver precisamente con esto, con la compasión sentida como algo casi desbordado, como una enfermedad. El protagonista de la novela, según apunta el poeta Iurii Izdryk, «tiene el don de sentir el sufrimiento de los demás, de padecerlo en silencio. Es incapaz de desconectarse de la inmensidad del dolor ajeno, y siente que este le llega por oleadas, haciéndolo estremecer ante la injusticia. Desde la represión de las protestas en la Primavera Árabe hasta la Revolución de la Dignidad en Kyiv, estas olas lo alcanzan desde cualquier lugar del mundo donde el espíritu humano se haya levantado en defensa de lo que es justo. Al principio, el protagonista percibe su poder como una maldición, pero luego aprende a aceptarlo como una forma de escuchar y amar al mundo. La incapacidad de distanciarse del dolor humano se convierte entonces en un impulso de socorro: "¿No es la compasión lo que nos impulsa a la acción? ¿Y no es esto lo que justifica la existencia misma de la compasión?"».

Percibí el don compasivo de Catalina en su manera de tratar a Victoria (cuando estaba viva y cuando estaba herida, agonizando) y en la forma en que podía ser cercana y solidaria con muchos otros ucranianos con los que pude ver cómo se portaba, se acercaba y se relacionaba. Al verla junto a ellos, me di cuenta de lo fácil que es para Catalina hacer amigos y ser con ellos sinceramente próxima, solidaria y compasiva.

El escritor Ricardo Silva Romero, viejo amigo y compañero de trabajo suyo, me dijo: «Uno siente que puede contar con Catalina en cualquier momento y para lo que sea. Que nos va a acompañar en todo y que si es necesario va a ir con nosotros hasta el cementerio. Que sería capaz de bajar hasta la misma tumba. Como piensa en muchas cosas al tiempo, parece despalomada, distraída. Pero aunque parezca ausente está concentrada y sigue el hilo. Cuando uno piensa que ni siquiera está oyendo, se viene con la solución en las palabras o en los hechos. Nada la envilece ni la hace dejar de ser ella misma. Le saca a cualquier circunstancia el lado bueno, la solución práctica, sin dramatizar».

Ricardo va más allá: «Cata no conoce la cobardía; ni siquiera entiende bien qué es eso; es algo en lo que no piensa, nada la frena, pero no es temeraria ni imprudente ni juega con su vida, y mucho menos con la vida de los otros. Hay un ejemplo de su forma despreocupada (más bien distraída) de vivir: un día antes de irse al fin, después de llevar años planeándolo, a su viaje más importante, a radicarse en Irán, descuidó la cartera en un café y le robaron todo el efectivo que iba a llevar. Hubo que hacer entre muchos una colecta para conseguirle dólares y que no se fuera con las manos vacías; ella de todos modos no pensaba cancelar el viaje».

Tengo una amiga que conoció a Catalina en un momento angustioso de su vida: acababan de diagnosticarle un cáncer complejo y de difícil pronóstico. No se habían visto nunca y, sin embargo, en el sofá donde se conocieron por primera vez, Catalina (que percibía o sabía lo que le pasaba) adelantó su brazo para acariciarle el pelo durante todo el rato en que estuvieron juntas. Fue un gesto del que solo ellas dos se percataron, en medio de un grupo que charlaba sobre cualquier cosa. La amiga mía pensaba que con caricias así era posible resistir a cualquier enfermedad. Catalina lo hacía como un acto espontáneo de cariño, caricia y sanación.

*

Quizá yo ahora exagere y la esté viendo con las gafas del presente, pero creo recordar que, desde que la conocí, el carácter de Catalina me pareció el de una misionera (misionera hedonista, de placeres, también de sacrificios, pero no de abstinencia y cilicio) que quería hacer el bien, nunca el mal, a través del periodismo ocular, presencial. Apenas empezaba en el oficio, pero ya estaba obsesionada por relatos reales sobre gente de carne y hueso y sobre situaciones de extrema dureza, a pesar de que, para lograrlo, tuviera que pagar un largo peaje, un noviciado de cargaladrillos, haciendo notas para revistas del corazón, si bien incluso a esto le sacara jugo.

Le pregunto a ella misma por sus inicios y me cuenta: «En mis comienzos trabajé en *El Tiempo*. Allí, Pacho Santos me metió a escribir de fútbol. A mí siempre me ha gustado el fútbol, y yo cubría el Santafé. En la crisis del 98 iba a haber un gran recorte de personal; para mí ese trabajo no era de vida o muerte, así que preferí irme yo para que no echaran a ninguno de mis compañeros, que vivían de eso. Me fui a estudiar creación literaria en Madrid. Y también una maestría en Relaciones Internacionales en la Complutense. En clase nos asignaban un país para estudiarlo, seguirlo; a mí me tocó Venezuela, pero se lo cambié a una compañera venezolana por Irán. Leí mucho sobre Irán. Después volví a Colombia a trabajar en *Semana*».

Desde la primera vez que la vi, Catalina tenía esa obsesión, la más inesperada que pudiera tener una muchacha de las montañas del trópico: quería irse a vivir a Persia, así decía ella, más que a Irán, y no a Teherán, una capital tan monstruosa e inhóspita como Bogotá, sino a alguna ciudad menos grande y menos ruda. Por ejemplo a Shiraz, que ya en el siglo IX era famosa por producir el mejor vino del mundo, y que todavía se resiste, con su manera alegre de vivir, a las normas asfixiantes del régimen islamista. O si no, a Isfahán, por su belleza, aunque, a diferencia de Shiraz, Isfahán fuera muy conservadora. En todo caso, a algún sitio apacible que evocara sin ruido el pasado milenario de esa región del mundo. Que tuviera ese sueño me intrigaba, claro, porque era una ilusión tan lejana que parecía absurda, pero mucho más me impresionó cuando fue capaz de hacer real su sueño con el tesón y la perseverancia de un cuerpecito que uno consideraría incapaz de toda hazaña.

Recuerdo el día en que me sorprendió con un correo jubiloso:

No me lo vas a creer, Héctor, pero estoy viviendo en Persia. No en Isfahán, como hubiera querido, pero sí en Teherán. No te pierdas Irán, si puedes; algún día tienes que venir a ver esto. Es un país, entre otras cosas, que venera a los poetas, a sus poetas. Cuando se muere alguno importante, como sucedió hace pocos días, se declara luto nacional. Claro que con el régimen de ahora se hacen estos homenajes no a los mejores poetas, sino a los del bando de los que gobiernan. Lo interesante es que aquí hay siempre mucho revuelo cuando se muere un poeta; creo que eso ya no pasa en ninguna otra parte, ni siquiera en Rusia, donde antes ahorcaban a un poeta por un par de versos.

*

Catalina es demasiado sagaz para ser ciega y suficientemente valiente como para callarse la verdad. Por eso, con toda la prudencia de alguien que quiere seguir viviendo en su país de adopción, y no en la cárcel, más que contar la desesperante asfixia de Irán (la censura a la opinión libre, al arte, al periodismo, el agobio político disfrazado de religión, la opresión de la mujer), se dedicó a hacer reportería por el resto del Medio Oriente. En privado no oculta los atropellos de los ayatolas, pero sabe que no puede mostrarlos públicamente sin perder al mismo tiempo el derecho a vivir y a trabajar allá o desde allá. Y ella es capaz de ver también, por debajo de la putrefacta costra teocrática, la linfa y la sangre de esa cultura antigua, sofisticada, que sobrevive en el subsuelo a pesar de la opresión ideológica y religiosa. La poesía iraní, el magnífico cine iraní, la belleza que aún son capaces de producir los persas en arquitectura, en objetos, en palabras, en gastronomía y en imágenes, todo esto como en un acto de tácita y secreta resistencia.

Como siempre me he preocupado por la libertad de la creación literaria frente a la censura totalitaria, en su momento me interesó consultarle a Catalina sobre algunos temas relacionados con lo anterior: el caso de la fetua a Salman Rushdie emitida por el ayatola Jomeini y jamás derogada, por ejemplo. O un caso más cercano a Colombia: gracias a Catalina mi biblioteca contiene también una rareza bibliográfica en lengua persa. Cuando salió en español la última novela publicada en vida de García Márquez, *Memoria de mis putas tristes*, los editores iraníes publicaron de inmediato su traducción, si bien con un título bastante más higiénico: *Memoria de mis amores tristes*. Seguramente por el angelical sonido del nombre Gabriel, los censores no leyeron el libro antes de que este estuviera ya impreso y exhibido en las librerías. Pero cuando en Occidente las personas más fanáticas del puritanismo progre pidieron que el libro de García Márquez fuera censurado y sacado de circulación por sus supuestas misoginia y defensa de la pederastia, los ayatolas se dieron cuenta de que quizá el libro aludiera indirectamente a sus propias inclinaciones y ensoñaciones sexuales valetudinarias. Lo leyeron, quizá se vieron reflejados en él (en los ensueños eróticos de una vejez nostálgica) y de inmediato mandaron recogerlo para picarlo o hacer una hoguera. Antes de que todos los libros fueran confiscados y destruidos, Catalina alcanzó a comprarme un ejemplar (uno de los muy pocos que todavía existen en el mundo), que meses después me pudo hacer llegar por los torcidos caminos del contrabando.

*

Desde que conocí a Catalina siempre seguí en contacto esporádico con ella, y una y otra vez admiré la valentía serena con que ejercía su oficio en los lugares más peligrosos y violentos del Medio Oriente. Cada cierto tiempo la oía en la radio o la veía en la televisión contando la verdad desde el corazón de las tinieblas: en Gaza, en Siria, en el West Bank al sur del Líbano, en el Irak castigado por Estados Unidos, en las manifestaciones a favor de las más elementales libertades femeninas en Irán. El secuestro, la violación, el exterminio, la cárcel, la tortura, el abuso eran narrados por ella en su tono objetivo y al mismo tiempo dolido. Los horrores y la muerte le pasaban zumbando muy cerca, pero su pequeña figura erguida estaba siempre ahí, sin inmutarse, contando la verdad y las atrocidades de que son capaces los seres humanos. Hace un tiempo me escribió desde Damasco, recién caída en manos de los grupos rebeldes que acababan de derrocar al sangriento dictador Asad, gran aliado de los mismos rusos que están destruyendo Ucrania. Acababa de salir del agua hirviendo, en Kyiv, en el Donetsk (había sido capaz de volver no una sino dos veces a Kramatorsk, y desde allí me había enviado fotos del lugar en que casi nos matan), y se metía ahora en las brasas de Siria. ¿Por qué lo hace? ¿Cómo es capaz de hacerlo? Es un misterio.

*

Catalina dejó de vivir en Colombia, creo yo, porque nuestro país (el Tíbet de Suramérica, lo bautizó un expresidente) se vive mirando el ombligo y desde aquí darse cuenta de que existe otro mundo fuera de nuestro mundito ha sido siempre muy difícil. Ella no sirve para ser testigo con mirada de miope solo apta para ver lo más cercano. Le gusta la reportería; no le gusta el periodismo telefónico, las llamadas, las entrevistas oficiales, los artículos que se someten a ojos censores o interesados. Le gusta ir a ver con sus ojos lo que está pasando. A diferencia de Sergio Jaramillo, que es un filósofo activo, pero ensimismado, al contrario que yo, que me paso la vida escribiendo lo que me imagino, ella vive enajenada, pero en el buen sentido: interesada por la vida ajena, por lo que los otros hacen y dicen. Hablo de todo esto con ella y Catalina me cuenta: «Cuando me fui a vivir en Irán no sabía todavía bien cómo contar lo que veía y vivía; no sabía cómo era el oficio, y me preguntaba cómo hacerlo. ¿Quién me iba a encargar artículos sobre Irán?, por ejemplo. De repente vinieron las protestas en Irán, la Primavera Árabe, la guerra en Siria. Empecé a atreverme a ir a los sitios. Rodrigo Pardo fue muy importante; él estaba en RCN y me pedía notas, me apoyaba. En Siria tuve mi primer trabajo de reportera de guerra. En Egipto e Irán, las protestas. En Afganistán también. El primer conflicto que vi fue en Siria en 2011, 2012. La guerra que más he cubierto es Siria. Allá me pasaron muchas cosas. Yo estaba en la lista roja de Damasco, no me dejaban entrar y creí que nunca iba a poder volver. Allí aprendí a hacer televisión. Fue interesante, triste, doloroso».

Le pregunto por su obsesión con Persia y me dice lo siguiente: «Lo de Irán no sé muy bien de dónde me viene. De niña y adolescente leía muchos periódicos; a Pereira llegaba *El Tiempo*. Yo soy del 72. La guerra de Irán-Irak y la guerra del Líbano fueron importantes en mi adolescencia. En mí fue creciendo una obsesión muy grande por Oriente Medio y el Líbano. La comunidad siriolibanesa ha sido grande y fuerte en Pereira. Algunas de las mejores amigas de mi abuela eran siriolibanesas, y me fascinaba verlas, oírlas, aunque por el lado de mi familia no tengo ningún ancestro medio oriental. Pero en la casa siempre recibimos muy bien a los siriolibaneses. Desde muy joven yo quería ser periodista. Oriana Fallaci fue de lo primero que leí y me llegó muy hondo: su *Entrevista con la Historia*, su *Inshallah*, impresionaron mucho a esa niña de provincia que yo era. Terminé el colegio y me fui a Oxford a estudiar inglés. En mi clase había una niña iraní, Negar. Yo sentía fascinación por ella. Era enigmática, interesante, tímida, y también quería ser periodista, de la BBC. Quería ser corresponsal. Yo quería ser como ella.

»Es curioso, muchos años después, cuando llego a vivir a Irán, después de llevar un año allí, me invitan a una comida y una mujer joven me dice: yo te conozco a ti, soy Negar. Era ella. Había logrado ser periodista de la BBC, es más, productora estrella de la BBC. Como siempre pasa en Irán, después le prohibieron trabajar, el Gobierno le quitó el permiso para trabajar con un medio extranjero. Y se le fue apagando el sueño de ser periodista. Negar quedó sin trabajo y en un gran lío vital; su padre había muerto. Había sido también productora para *The New York Times* y *The Wall Street Journal*. Le propuse que trabajara conmigo, pero yo no tenía cómo pagarle lo que le pagaban esos grandes medios».

*

Sin tener que preguntárselo, me habla también de la delgadez extrema que alguna vez vi en ella. «Yo ya había tenido una anorexia muy severa a los dieciséis años y volví a tener otra a los treinta y cinco, en Madrid», me cuenta Catalina. «Fue algo muy fuerte. Era más fácil morirme que vivir. Era más fácil dejarme morir que comer. Al mismo tiempo, en esa crisis de salud, me quería ir a Irán a estudiar persa. Ya tenía todo pago. Pero estaba tan débil que no podía salir a la calle a caminar. No tenía la fuerza física de irme para Irán. Me tenía que ir a Colombia a seguir un tratamiento. Dejé esa plata ahorrada para después. Un año más en España, 2003, sin trabajo, perdida en mi vida. Pegada al televisor viendo la invasión a Irak sin poder moverme y enferma. Me devolví a Colombia, poco a poco me fui curando, y en 2005 me fui de viaje a Irán dos semanas sola. No quería quedarme en Teherán porque me parecía la peor ciudad del mundo para vivir. Conocí a Kaveh (su futuro esposo iraní, un gran fotógrafo) y él me ayudó a abrirme paso en ese mundo. Irán es el tema que me apasiona. Aunque me siento más en mi casa en Beirut o en Madrid, no en Teherán».

*

Le pregunto a Catalina si nosotros dimos papaya en Kramatorsk, es decir, si fuimos temerarios y nos arriesgamos inútilmente. «Nosotros no dimos papaya, no creo», me dice. «Si dar papaya es ir a un lugar cerca del frente de batalla, tal vez. Pero mucha gente lo hace, es lo más corriente entre las ONG nacionales e internacionales, y obviamente entre los reporteros. Es parte de la realidad. Lo que nos pasó no había vuelto a pasar en mucho tiempo en Kramatorsk. Desde la masacre, al principio de la invasión, de decenas de niños a los que estaban evacuando hacia Occidente en la estación de ferrocarril, no había vuelto a haber un gran atentado contra civiles. Esta del restaurante fue la segunda gran masacre. Pero nosotros podríamos haber estado en otro restaurante, uno armenio al que yo quería llevarlos, pero no fuimos allí porque Victoria prefería la pizza y se trataba de darle gusto a ella, de agradecerle que nos hubiera acompañado. La vida quiso que estuviéramos ahí. Cualquier cosa pudo haber pasado; podríamos haber muerto todos, podríamos no tener ni un rasguño, ni siquiera Victoria. Dar papaya es meterse por una carretera destapada cerca del frente, que no se sabe adónde va a dar. O meterse con los soldados en las propias trincheras, y nosotros no hicimos eso. Hacíamos vida de civiles, no de soldados.

»Hay que saber que incluso en la guerra la vida continúa, la vida sigue. Se toman precauciones, pero hay que decidir: o me encierro en una caverna, en un sótano, no salgo nunca de la casa, me quedo en posición fetal en un rincón (lo que tampoco es garantía de nada), o sigo la vida, veo amigos, como, bebo, voy al teatro, me tomo un café en una terraza. Ese restaurante estaba lleno esa noche, como casi todas las noches. Sergio quería ir al Donetsk y la parte del Donetsk no invadida por los rusos es Kramatorsk. Él quería mostrarles a los de ¡Aguanta, Ucrania! cómo era el corazón de la guerra, la invasión desde adentro. Una cosa es Kyiv y otra cosa es esta zona. Él insistió mucho. No sé si sepas, pero primero contactó a Nataliya Gumenyuk. Ella tenía un programa para traer a periodistas latinoamericanos a Ucrania, y ya había llevado a Juanita León, por ejemplo, y a otros periodistas. Sergio me pidió que tratara de organizar un viaje más hacia el este, ya sabes. Hablé con Dima y él dijo que nos llevaba. Y Victoria se unió. Fue una cadena de casualidades. Dima había vivido en Sri Lanka y allá había tenido un amigo colombiano; creo que fue por ese amigo que Dima nos quiso ayudar, y lo hizo casi gratis, solo por los gastos o poco más».

Le pregunto por su regreso a Kramatorsk después del atentado. «Yo sabía que si no volvía pronto no iba a seguir haciendo este oficio. Es como el que tiene una caída grave de un caballo. Si no se monta ahí mismo otra vez, lo deja para siempre. Por duro que sea ponerse un chaleco antibalas con los calores de la menopausia, me gusta mi oficio porque me parece interesante hacerlo, me interesa el mundo. Quiero ir a entender, hablar, preguntar y saber. No que me lo cuente alguien que haya estado; quiero ir yo misma. La gente se traga todos los cuentos. Las cosas tienen muchos matices. Es necesario ir y ver y hacer las preguntas personalmente, mirando al otro a la cara. Tiene que haber gente que vaya a ver y a contar las complejidades de todo, porque si no, a todos nos toca comernos el mismo marrano, la misma mentira.

»La primera vez que volví pensé que nunca iba a ser capaz de parar en el Ria, en las ruinas que quedan de ese sitio. Varias veces no fui capaz. Al fin me acompañó una fotógrafa española que vive en Kramatorsk. Cuando estuve ahí me puse a temblar y a llorar como nunca en mi vida, pero después hice las paces con esa situación».

Me atrevo a hacerle una pregunta incómoda: si ella cree que el hecho de tener o no tener hijos influye en la capacidad de hacer lo que hace. «Tengo clarísimo que no tener hijos es lo que me lo permite», me contesta. «Hay mucha gente, hombres y mujeres, que lo han hecho teniendo hijos, pero luego han tenido que parar, es mucho más frecuente que lo dejen.

»Esa es una de las cosas que me ayudan a seguir en mi trabajo. La segunda es que estoy casada con alguien que hizo este trabajo durante mucho tiempo, y entonces lo entiende sin ningún dramatismo. Kaveh no le da ninguna trascendencia al hecho de que yo venga de la guerra; para él, que yo regrese del Donetsk es como si volviera de Disneylandia. En Irán nadie sabe que yo voy a la guerra. Para mí, mi oficio es mi oficio; no me doy cuenta de que soy valiente. Me quedo aterrada cuando me dicen valiente en Colombia. Toda la gente que me rodea hace lo mismo que yo. No es raro. Es normal. Soy reportera, somos reporteros. No nos sentimos valientes. No le doy dimensiones extraordinarias. Pienso que me falta mucho por aprender; todavía lo hago muy mal. Una y otra vez pienso que la embarré. La vez siguiente lo hago mejor. Eso me mueve a seguir haciéndolo.

»Mentalmente me cuesta mucho no estar activa en ese frente, aquí y allá. Si no, siento que no estoy haciendo nada. Me cuesta parar. Hay un sacrificio personal muy grande, me pierdo cosas de la vida normal, pero son decisiones tomadas muy conscientemente y de las que no me arrepiento.

»Yo creo que la gente que conozco que lleva haciendo este trabajo hace mucho tiempo es como yo, nos gusta ser reporteros, corresponsales. Es una vocación. Me gusta meterme donde es, donde toca. Hace poco, en Siria, llegué a un hotel en el que estaban todos los equipos de la BBC, gente mayor que lo sigue haciendo. Cuando los veo no siento sino admiración por ellos. Mi amigo Jon Lee Anderson estaba ahí en Damasco también. Poder estar ahí, haciendo lo que ellos hacen, me hace sentir orgullosa. Hay que cuidarse mucho. Pero hay que cuidar más la mente que el cuerpo. Hay más peligro de desfallecer mentalmente que de que te caiga un misil.

»Me molesta que en este oficio, si un hombre lo hace, todo bien, normal. A la gente le cuesta más entender que una mujer lo siga haciendo. Perseverando en este trabajo. Cuesta más que la acepten a una como mujer. Y eso a pesar de que la mayoría de los reporteros de guerra, el 65%, somos mujeres. Cuando la situación bélica se pone durísima, cuando la batalla es total, ahí sí llegan los hombres, y pasan a ser el 50% de los que cubrimos. Cuando deja de tener eco, cuando tal o cual guerra pasa de moda, ya no, la mayoría de los hombres se van. Quedarse allá cubriendo lo difícil y lo no difícil, los meses de exterminio lento, eso ya no lo hacen tanto los hombres; lo hacemos nosotras».

*

Seguimos el viaje hacia el frente en silencio, y yo un poco con la cola entre las patas. En el sitio al que nos dirigíamos nos iba a recibir un amigo de Victoria —soldado raso, creo, pero experimentado—. El ancho campo en verano, a mi derecha, una extensa planicie, estaba lleno de amapolas rojas, que brotaban entre mieses de trigo abandonadas a causa de las explosiones de artillería, quizá también a causa de las minas quiebrapatas. Al ver este paisaje se me vino a la memoria una canción de Fabrizio De André, *La guerra di Piero*, que no creo que mis compañeros de viaje hayan comprendido cuando empecé a cantarla pensando en lo que nos podía suceder:

Dormi sepolto in un campo di grano
Non è la rosa non è il tulipano
Che ti fan veglia nell'ombra dei fossi
Ma sono mille papaveri rossi.

[Duermes sepulto en un campo de trigo
no son las rosas ni los tulipanes
los que te velan a la sombra de los surcos
sino unas mil amapolas rojas].

Si uno no la traduce, parece una canción alegre y, de hecho, Dima se puso a tararearla conmigo («tárala-lala tárala-la-la») mientras yo cantaba otra estrofa:

Cadesti a terra senza un lamento
E ti accorgesti in un solo momento
Che il tempo non ci sarebbe bastato
A chieder perdono per ogni peccato.

[Caíste al suelo sin un lamento
y te percataste en un solo momento
de que el tiempo ya no te bastaría
para pedir perdón por todos tus pecados].

Así, cantando, arribamos al campo de entrenamiento de los reclutas recién llegados. El amigo de Victoria e instructor de novatos, Serguiy Hnezdilov, era un estudiante de Filosofía, pacifista convencido, que se había enrolado como voluntario en el ejército ucraniano. Cuando le pregunté de qué manera un joven como él, con esa sonrisa seráfica, había renunciado al pacifismo, tras borrar su sonrisa, contestó: «Porque entendí que los rusos no comprenden argumentos ni razones, y en este período solo entienden el lenguaje de la fuerza». Serguiy les enseñaba a los soldados recién llegados el uso de las armas antitanque. Nos hizo una demostración que yo no me esperaba, y al primer estruendo del mortero antitanque disparado contra un blanco distante (una pintura, no un blanco real) caí al suelo aturdido y aterrorizado. Unas horas más tarde yo volvería a caer, pero ya no en el lugar del lanzamiento de un pequeño cohete, sino en el lugar de llegada de un misil inmenso.

Un año después leo un artículo en el que Serguiy, el amigo que Victoria conoció personalmente dos horas antes del momento definitivo de su vida, informa que lleva dos años luchando sin un solo descanso y está extenuado. Esto, sin embargo, me da una alegría: sigue vivo.

*

Primo Levi, en el último libro que publicó antes de quitarse la vida, *I sommersi e i salvati* (editado en español como *Los hundidos y los salvados*), reflexiona, ya no en forma de testimonio sino de ensayo, sobre esa pregunta insoluble de por qué algunos —en una situación límite, durante una campaña de exterminio— tienen la extraña suerte de salvarse mientras que otros, quizá la mayoría, el infortunio de hundirse, es decir, de ser arrasados por el odio ciego y la injusticia de la historia, de la dictadura, de la voluntad de poder.

Yo vengo preguntándome esto mismo desde el 27 de junio de 2023, a las 19:28 de la tarde, cuando un misil Iskander ruso de alta precisión, con seiscientos kilos de explosivos adentro, estalló sobre nosotros en una pizzería en Kramatorsk, a 21,6 kilómetros del frente de guerra entre la Ucrania libre y la parte de Ucrania ocupada por el ejército ruso, que lleva años pretendiendo arrebatar la parte suroriental del territorio ucraniano.

En ese infierno que nos cayó del cielo con el propósito deliberado de hacer el mayor daño posible, de producir el mayor número de muertos posible, de causar el dolor y el sufrimiento más grandes posibles, hubo más de sesenta heridos graves (algunos mutilados de por vida) y doce seres humanos fallecidos instantáneamente, entre ellos dos chicas gemelas de catorce años, Juliya y Anna Aksenchenko.

Encuentro en la red una de sus últimas fotos y miro a las dos adolescentes con tristeza y curiosidad.

He observado muchas veces, en las personas gemelas, su tierno e infructuoso esfuerzo por ser distintas, aunque sean iguales. Una de las niñas se peina el cabello hacia arriba, como un surtidor que intenta subir al cielo; la otra, al contrario, lo peina directamente hacia el suelo, apuntando en picada hacia la tierra. Ambas lo hacen como una advertencia a los demás de que no las confundan, de que siendo Anna no me digan Juliya, de que siendo Juliya no me llamen Anna. En esa unión tan íntima que es venir al mundo con un clon, es natural que ambas quieran separar sus destinos y buscar una identidad propia. Distinta ropa, distinta sonrisa, aunque se hayan pasado buena parte de la vida mirándose en el espejo de la otra. Su destino, en todo caso, las ha confundido tanto en el nacimiento como en la muerte. Pocos días después leo que las enterraron en dos ataúdes iguales, una al lado de la otra, y ambas ataviadas de la misma manera, con vestidos blancos de novia, como suelen hacer en el campo en Ucrania cuando una adolescente se muere doncella.

El padre, que las había llevado al restaurante a comerse una pizza como premio por sus buenas calificaciones en el colegio, y que tenía a sus dos niñas frente a él en la misma mesa, tuvo la desgracia de sobrevivir al misil ruso. Es uno de los salvados y está obligado a asistir al entierro de sus hijas gemelas. No conozco al señor Aksenchenko, pero seguro que él tiene muy claro que trocaría de inmediato su destino por el de ellas. Sé que él preferiría estar muerto y que sus hijas vivieran.

Yo, que me he hecho una y otra vez esa misma pregunta, no lo tengo tan claro y no tengo derecho a ser hipócrita. No soy capaz de dar la misma respuesta obvia de ese padre trágico. Sé que es muy injusto, sé que es feo decirlo e incluso pensarlo, pero a pesar de mis años todavía me domina la egoísta voluntad de vivir. También sé que esa voluntad desaparecería por completo si mataran a mis dos hijos frente a mí. Las ganas de seguir vivos no tienen nada que ver con la experiencia de uno mismo o del simple hecho de conservar los sentidos. Las ganas de vivir son para seguir viendo y viviendo lo que amamos. ¿Cuánto tiempo puede durar la euforia de haber sobrevivido al campo de concentración si cuando sales te enteras de que tu familia ha muerto en otro campo? Quizá estés vivo, sí, pero ya alejado para siempre de la vida.

*

Poco a poco, cada vez más, sin embargo, lo que se va instalando en mí es una sensación que Vasili Grossman describió también en su última novela, *Todo fluye*: «No hay inocentes entre los vivos, todos son culpables». Quizá fue esto lo que Primo Levi (y muchos otros sobrevivientes de los campos de concentración y del Holocausto) nunca pudo soportar y por eso un día, sin previo aviso, dominado por un arranque repentino, se arrojó por el hueco de las escaleras. Después de una experiencia límite, uno no sabe de qué, pero se siente culpable, culpable de estar vivo, de tener que compartir el mundo con los que matan a tus amigos, a tus vecinos, a tu prójimo, y los siguen matando.

Cuando Vasili Grossman, después de los dos años de ocupación nazi de Ucrania, pudo regresar al fin a la ciudad donde había nacido, Berdýchiv —la misma de Conrad—, no encontró ni un solo judío vivo. Ni uno. Entre los judíos masacrados en Berdýchiv estaban su madre, la maestra de escuela de sesenta y seis años Yekaterina Savelievna Grossman, y su hermana, la enfermera de treinta y siete Anna Pavlovna Grossman. Antes de la llegada de los nazis, en Berdýchiv los judíos eran decenas de miles, más de la mitad de la población, y convivían en paz con ucranianos, polacos y rusos. Cuando el ejército nazi entró en la ciudad, el 7 de julio de 1941, las tropas alemanas establecieron una unidad de exterminio, encerraron a los judíos en un gueto, y pocos meses después, en octubre, decidieron exterminarlos a todos y arrojarlos en fosas comunes. Solo en Berdýchiv fueron liquidados unos treinta y cinco mil judíos, y Grossman se pasaría el resto de la vida remordiéndose por no haber hecho más esfuerzos para sacarlas a tiempo de allí.

Hay también una culpa muy grande entre hombres y mujeres ucranianas: abandonar el país durante la guerra, refugiarse en la seguridad de algún país occidental en lugar de quedarse y ayudar de algún modo a luchar en su guerra por la libertad. Quizá esto explique, en parte, que Victoria quisiera acompañarnos. Antes de irse a gozar de un año de seguridad en París, estaba bien ir a despedirse de esos territorios donde más crímenes había cometido el ejército ruso y donde estaban luchando como soldados algunos amigos suyos. Quería también despedirse de ellos, pues no era improbable que en un año más de combates pudieran caer. Ella misma lo cuenta en sus diarios póstumos: a veces le llevaba una botella de buen vino blanco a algún soldado amigo que estuviera defendiendo a Ucrania en las trincheras del frente oriental.

*

El último día de la vida consciente de Victoria Amélina, de regreso de ese campo de entrenamiento en el que habíamos estado con el soldado pacifista y encantador, vimos un perro blanco vagando por el campo. Victoria lo miró con una intensidad y una compasión inusitadas. Yo no entendía por qué la vista de ese perro vagabundo la conmovía tanto. El día anterior habíamos estado con ella en Járkiv, la ciudad retomada por Ucrania y destrozada por los rusos, derrotados y con ira, al tener que abandonarla en la primavera de 2022 luego de intentar ocuparla con sus tanques en el invierno del mismo año. Y allí, precisamente, en Járkiv, Victoria nos había presentado a otra amiga suya, Oksana, una chica que se dedicaba a recoger y cuidar perros que habían perdido su hogar durante la guerra, bien sea porque habían huido despavoridos ante el fuego y el ruido de la metralla, o bien porque la casa en que vivían había sido destruida y sus amos habían muerto o habían tenido que desplazarse por la guerra.

Fue en ese momento cuando Catalina me explicó este triste efecto colateral de la invasión rusa: la infinidad de animales abandonados o perdidos en Ucrania, todos en busca de un hogar y de unos amos que probablemente ya ni siquiera están vivos.

Victoria con su perra, Vovchytsia (Loba).

*

Ahora que, meses después de su trágica muerte, he leído algunos poemas de Victoria Amélina, varios de sus ensayos luminosos, y su segunda novela, *Un hogar para Dom*, tendría muchos temas de conversación con ella. Creo que ahora incluso le pediría permiso para llamarla Vika, en vez de Victoria, tal como le decían sus amigos. Me he vuelto amigo suyo después de su muerte.

Al leer a los escritores nos volvemos sus amigos, a veces casi íntimos, porque nada se parece tanto a nosotros como lo que dejamos por escrito, y creo que nadie se parece tanto a Vika como Marusia, la niña ciega protagonista de la novela suya que acabo de mencionar y que pude leer en español en la visionaria edición de Avizor. *Un hogar para Dom* tiene una ingeniosa curiosidad técnica: la novela es narrada por un perro. Por un perro blanco que se llama Dom.

Al final de la novela el perro narrador dice dos cosas que me llamaron mucho la atención. La primera es: «Cuando eres un vagabundo, duermes poco e intranquilo, y casi nunca tienes sueños. Excepto uno. Uno en el que estás buscando un hogar» (p. 361). Y la segunda: «¿O es que me está fallando el oído defectuoso?» (p. 371). Hay circunstancias que nos llevan a leer los libros de un modo no solo muy intenso sino también supersticioso. Como si hubiera en ellos algo premonitorio, casi profético.

Soy un viejo de pelo blanco y mi oído defectuoso me salvó de morir en Kramatorsk.

*

En ese mismo restaurante donde murieron las gemelas Aksenchenko, pero no en la sala interior (donde se produjeron todos los muertos de ese atentado, menos uno), sino en la terraza (donde hubo varios heridos leves y una sola persona fallecida), alrededor de una mesa rectangular, nos habíamos sentado cinco personas, las mismas cinco que habíamos viajado desde Kyiv el día anterior. El cinco es un número especial; no son las seis caras de un dado, no son los cuatro lados de un cuadrilátero, pero sí son los cinco dedos de la mano, las puntas de una estrella de cinco picos, la forma del pentágono, o los cinco agujeros del tambor de un revólver con el que se juega a la ruleta rusa. Ahí, en un sofá de asiento y espaldar blanco, estaba sentado yo con mis dos viejos amigos colombianos Sergio Jaramillo y Catalina Gómez, y también con nuestros dos nuevos amigos ucranianos, Dima Kovalchuk y Victoria Amélina.

Habíamos resuelto ir a Ria Pizza (y no a otro restaurante) como una manera de despedirnos del Donetsk, y también como una forma de agradecerle a Victoria por habernos brindado tanta atención, por habernos dado los detalles de varias historias de exterminio cuidadosamente documentadas y, en general, por habernos dedicado dos días de ese tiempo precioso (y escaso) de su vida. Victoria había estado en el Ria varias veces, una de ellas con Catalina, pero la última vez que habían venido —aunque querían ir— no lo habían podido encontrar. De ahí la insistencia en ir definitivamente a ese, y a ningún otro. Por la tarde habíamos llamado a reservar y esta vez Dima lo encontró sin dificultad.

A la mañana siguiente regresaríamos a Kyiv. Había sido un viaje lleno de dolor y de emociones profundas (por los rastros del terror ruso que habíamos visto), por la tristeza de quienes habían perdido a sus padres o a sus hijos, pero en el fondo había sido también un viaje tranquilo. La muerte estaba cerca, sí, pero nosotros no habíamos sentido que nos estuviera respirando en la nuca. Ya fuera por inconsciencia o por temeridad, en ningún momento de ese par de días habíamos sentido verdadero miedo. Cierta ansiedad, sí, y quizá el deseo de regresar cuanto antes a la seguridad de Occidente, pero miedo, no.

Recuerdo que poco antes de que cayera el misil que casi nos mata, y que mató en total a ese número fatídico de personas, trece, Catalina se quedó mirando a Sergio mientras él recorría las mesas de la terraza del restaurante Ria, y en cada una se presentaba ceremoniosamente en su *British English,* mientras metía la mano en la mochila e iba ofreciendo, como si fuera un viático, pequeños emblemas en tela de su campaña, ¡Aguanta, Ucrania!, con la bandera color azul del cielo y amarillo del trigo. Como Cata es de Pereira, y en Risaralda se habla en paisa igual o casi igual que en Medellín, con ella a veces se instalaba esa complicidad que solo existe cuando se conversa en la lengua de la infancia o del colegio. Mientras veíamos a Sergio recorrer las mesas, Cata volteó a mirarme y me dijo con esa picardía muy nuestra que ya está a punto de estallar en risa:

—Miralo, parece un cura repartiendo estampitas de la Virgen.

El caso es que después —me dijo Cata o me lo dije yo mismo—, en esa terraza protegida por las estampitas de Sergio no se murió nadie. O nadie menos una persona, que seguramente también había recibido su estampita, y a lo mejor más de una.

*

Preferiría callarme lo que sigue, que parece mentira, pero debo contarlo porque es verdad. En ese restaurante, en esa Ria Pizza, en ese sitio lleno de civiles y militares al que llegamos a las siete y cuarto, con cierto afán porque a las ocho suspendían el servicio y a las nueve empezaba el toque de queda, en esa mesa rectangular que nos asignaron (por fortuna para cuatro de nosotros) en la terraza, yo ocupaba un lugar en el sillón blanco que se apoyaba contra la ventana de la parte interior del restaurante. Me senté al lado izquierdo de Sergio, que se había ubicado en la cabecera de la mesa.

Como él a veces habla sin vocalizar, y parece que murmurara sentencias en sánscrito, y como mi oído derecho es defectuoso, medio sordo, decidí cambiarme de lugar y me pasé para la silla situada al otro lado de la mesa, y al lado derecho de Sergio, para poder oírlo con mi oído bueno, el izquierdo. Victoria, entonces, ocupó mi sitio en el sofá, al lado izquierdo de Sergio, y frente a mí. Catalina se pasó al puesto que ocupaba Victoria y Dima se movió al lugar donde estaba Catalina. Todos, menos Sergio, nos movimos un puesto, así:

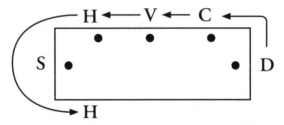

Uno nunca piensa que ocupar o cambiar de puesto en la mesa tenga ninguna importancia más allá de la etiqueta o la comodidad. Tampoco piensa que el destino dependa del hecho de ir a mear y a lavarse las manos un minuto antes o un minuto después. Yo, en efecto, tras cambiar de puesto, fui al baño. Cuando volví vi que un camarero se acercaba también con algunas bebidas. Como en Kramatorsk, por la guerra, rige la ley seca, Victoria había pedido una cerveza sin alcohol y Catalina una botella de agua con gas. Por haber ido al baño yo no había tenido tiempo de pedir nada y, mientras tanto, Sergio había tomado una decisión por su cuenta: íbamos a pasarnos por el bozo la ley seca.

Casi no había acabado de decirlo cuando se levantó, entró al restaurante, y menos de un minuto después volvió con un vaso de hielo en cada mano, simplemente dos vasos con hielo, y detrás de los vasos, la sonrisa de alguien que hará una picardía. Era nuestra última noche en el Donetsk, nuestra última noche con Catalina, Dima y Victoria, que se quedaban en Ucrania. Debíamos brindar, íbamos a burlar la ley seca y a decir «¡salud!» para reivindicar la vida y agradecer la compañía de nuestros tres amigos. Jaramillo tenía escondida en la mochila una botella de whisky que yo le había llevado de regalo desde Grecia. Recuerdo el tipo, Macallan, doce años, que me encanta, pero que ese día no alcancé a probar.

Para no delatarnos, Sergio se agachó a llenar mi vaso en el suelo debajo de la mesa. Sacó un brazo para entregarme la mitad del delito, y siguió agachado sirviéndose el suyo agazapado bajo la mesa. Yo, al ver en mi mano el vaso con ese líquido color ámbar, y al volver a sentarme (me había quedado de pie para que mi cuerpo sirviera de pantalla a la infracción que Sergio estaba cometiendo), dije mirando a Victoria, preocupado: *It's too obvious, they will discover us.* Sergio seguía agachado, lidiando con su trago. Catalina miraba con su calma habitual, con su mansa mirada de misionera y su sereno aplomo de periodista de guerra. Dima ya estaba comiendo con voracidad porque casi no habíamos almorzado; nosotros no habíamos resuelto qué queríamos comer y él, que tenía mucha hambre, había pedido con impaciencia cualquier cosa que estuviera lista. Era sushi, en su caso. Victoria me miró con esa sonrisa suya, entre profunda y triste, siempre con un apunte irónico asomado en sus labios: *Don't worry, it looks like apple juice.* Le sonreí yo también y levanté mi vaso para brindar con ella.

Fue en ese momento cuando algo estalló encima de nuestras cabezas, o quizá debajo de nuestro cuerpo, o más bien encima, debajo, a los lados, rodeándonos como si fuera una ola del mar. Yo sentí como si el infierno estuviera brotando desde el fondo de la tierra, porque en realidad a mí me pareció que el estruendo venía de adentro, no de afuera. No puedo asegurar si me tiré o me caí al suelo; todo pareció deshacerse por un instante, la vida y el miedo, el tiempo, los sonidos, el lugar donde estaba. Sé que casi enseguida me levanté aturdido, sin siquiera entender si estaba vivo o no (mi último pensamiento, al caer, había sido «nos mataron»). Me toqué el cuerpo porque estaba lleno de una sustancia negra, viscosa, y supuse que estaba herido, aunque no sentía ningún dolor. Esas manchas oscuras, que podían ser sangre, pólvora, tierra negra de Ucrania, me salpicaban la cara y el torso.

Un tiempo más tarde pude estar seguro de que prácticamente no tenía ni un rasguño, que me había levantado incólume del suelo, ileso y vivo, asombrosamente vivo, aunque ya nunca más volveré a ser el mismo.

*

Mi oído defectuoso me salvó de morir en Kramatorsk. Hay otra forma de verlo: mis ganas de oír me salvaron de morir en Ucrania.

*

Hay personas capaces de ver lo invisible, y Cata y Dima dicen que con sus ojos vieron, como si más que vista fuera un presentimiento, ella una sombra apenas, y él exactamente el rayo y el silbido que como una lanza se acercaba con sus seiscientos kilos de explosivo, décimas de segundo antes del golpe y un segundo antes del estruendo, y él tuvo tiempo, Cata me lo confirmó, de protegerla y con su brazo obligarla a mantenerse inclinada hacia el suelo, para que nada de lo alto la tocara, un gesto de defensa que le habría hecho también a Victoria si hubiera estado a su lado, y ese gesto de

Dima, tal vez, le habría salvado también a ella la vida, a ambas, no solo a Cata, a ambas la vida entera y todo su futuro, pero Dima no estaba en medio de las dos sino a un lado, a la izquierda de Cata, y demasiado lejos de Victoria, fuera del alcance de su brazo, para también obligarla a vivir para contarlo.

*

Dima, Dmytro Kovalchuk, vino al mundo el 3 de agosto de 1991, es decir, veintiún días antes de proclamada la independencia de Ucrania tras su separación de la Unión Soviética; en este sentido, Dima es un puro producto de un país que en los últimos treinta y cuatro años ha intentado construir su personalidad y su libertad sin interferencias de Rusia. Así como Victoria tenía la edad de mi hija Daniela, Dima tiene la de mi hijo Simón. Ahora que lo pienso, en el viaje al Donetsk yo estaba con figuras que, de algún modo (en mi mente acostumbrada a deformarse para formar familias), representaban a mi hija, a mi hijo y a dos hermanos menores, Catalina y Sergio. Yo era el viejo del viaje, el mayor, el abuelo, y el que —por orden de salida— tendría que haber muerto antes que todos ellos. No fue así.

Dima era para nosotros, creo que ya lo he dicho, lo que en la jerga de los reporteros de guerra se llama el *fixer*, es decir, el facilitador, el factótum que se encarga de resolver, de arreglar los problemas de logística que se puedan presentar en una situación extrema y en una cultura extraña, la del país que se está cubriendo o visitando. Ucrania. Era también el único que estaba recibiendo algún pago, así fuera casi simbólico, por acompañarnos. En nuestro caso, era el dueño y chofer del jeep que nos transportaba, el guía geográfico que sabía escoger las rutas y carreteras más seguras, y el que estaba dispuesto a correr los mismos riesgos que nosotros; también el traductor del ucraniano al inglés (y viceversa), y el que nos ayudaba no solo a comprender la lengua, sino a superar las posibles barreras culturales, explicándonos las costumbres que nos pudieran parecer extrañas.

Dima, de profesión, es sociólogo, pero desde la segunda invasión rusa a gran escala en 2022, y en vista de que había sido declarado no apto para el ejército (várices en las piernas), empezó a trabajar como *fixer* para distintos medios periodísticos internacionales de Canadá, Australia, Italia, Francia, entre otros países. Fue así como conoció a Catalina, ella como reportera de France 24, y él como chofer y traductor. Su trabajo como *fixer* lo había llevado muchísimas veces a lugares cercanos al frente de batalla en el sur, el norte y el oriente de Ucrania. A petición de Cata, él aceptó llevarnos a Járkiv, a Izium y a la parte del Donetsk no tomada por los rusos, cerca del frente. El viaje le parecía sencillo y tan seguro que ni siquiera nos sugirió usar chalecos antibalas, como se hace cuando se visitan áreas más delicadas. Como a mí, en el carro, me dieron el puesto de adelante, estuve viajando al lado de Dima casi todo el tiempo que duró nuestro periplo por las interminables estepas de tierra negra.

Dima era el más joven del grupo, quizá el mejor preparado para reaccionar bien en una situación de peligro extremo, pero también, curiosamente, el que resultó más afectado en términos psicológicos de los cuatro que sobrevivimos al ataque ruso. Al menos eso es lo que parece, lo que él mismo dice, pero si me miro al espejo, me dan ganas de corregir esa frase y de cambiar el tercer pronombre personal del singular, él, por el primero, yo.

Dima me cuenta que las primeras horas y los primeros días después del ataque, todavía con la adrenalina muy alta, se pudo dedicar a lo práctico, a ayudarnos, a resolver problemas. Consiguió un transporte para que Sergio y yo saliéramos hacia Kyiv; tras la muerte de Victoria, fue capaz de ir a su funeral en Kyiv y a su entierro en Leópolis, y acompañó a Catalina hasta allá, en el carro que una hermana le había prestado. Luego, de repente, como diez días después, sintió que se derrumbaba, que estaba muy mal. No era capaz de concentrarse en nada, perdía siempre el foco. Estuvo consultando con médicos y psiquiatras que le diagnosticaron un trauma neurológico por el estallido cercano, lo que técnicamente se conoce como una conmoción o concusión cerebral. Necesitó tratamiento y más de cinco meses para recuperarse, al menos parcialmente, porque después de ese tiempo todavía se sentía débil física y mentalmente. Cualquier trabajo mínimo lo dejaba extenuado, hasta lavar los platos. No era capaz de ir al mercado, de sacar la basura, de poner en orden su cuarto…

(Al escribir esto sobre Dima pienso que podría estarlo escribiendo también sobre mí).

Estuvo en un centro de rehabilitación en los montes Cárpatos junto con otros periodistas que tenían síntomas de estrés postraumático. Allí siguió un tratamiento para personas con experiencias de guerra difíciles de procesar. Necesitó silencio, caminatas por el campo; al final estuvo en Porto y en el mar de Portugal; todo esto le hizo mucho bien, y más tarde pudo volver a trabajar, incluso con Catalina, cuando ella volvió a Ucrania en invierno.

Dima no conocía de antes a Victoria; la conoció la noche en que fue con nosotros al restaurante georgiano, el Mama Manana, y oyó cuando Sergio y Catalina la invitaron a acompañarnos en ese viaje al este.

Dima me cuenta que él tuvo entrenamiento de precauciones, de señales de alarma y de primeros auxilios en tiempos de guerra. Tal vez por eso, cuando estábamos en el restaurante, y aunque él era el único que ya estaba comiendo, alcanzó a agazaparse sobre sí mismo al ver la sombra y oír el zumbido, y obligó a Catalina a doblarse hacia adelante también, como ya dije, y sobre todo a bajar la cabeza. Él había aprendido que en situaciones así uno debe hacer que su cuerpo sea lo más pequeño posible, para ofrecer el menor blanco. «Estuve un momento en el suelo con Catalina», me dice. «Tú también estabas en el suelo. Luego te levantaste, pero no podías hablar, o al menos yo no entendía nada de lo que decías, si es que decías algo; simplemente movías la boca, sin sonido. Estabas completamente aturdido, como perdido, alejado del mundo», me sigue diciendo. «Parecías herido, además, porque estabas lleno de manchas de sangre en la ropa». Le digo que no creo que fuera sangre. «Era sangre con agua y con tierra», me asegura.

«El toldo de la terraza estaba sostenido por varillas de metal, tal vez de aluminio. Creo que fue un fragmento de esas varillas lo que alcanzó a Victoria por detrás de la cabeza. El trozo le atravesó el cráneo como un proyectil. Estaba pálida pero tenía pulso, tenía la boca y los ojos abiertos. Parecía más viva que tú, que eras un zombi y estabas paralizado; no hubieras podido ayudar a nadie; tus ojos no eran capaces de enfocar nada. No mirabas a nadie, mirabas al vacío; tenías sangre en el cuerpo, en la cara, debías salir a que te hicieran alguna curación. Lo mejor que podías hacer era irte de ahí, yo mismo te dije que salieras, que te fueras porque, pensé sin decirlo, podía llegar otro misil.

»Catalina tenía algunos golpes, Sergio tenía un hematoma en el muslo. Mis problemas, lo supe después, no eran de heridas visibles, sino neurológicos. Las ondas de la explosión que destrozaron nuestro carro son las mismas que afectaron mi cerebro. El tuyo también debe estar afectado», me dice, «deberías hacerte revisar; después de que te cae algo así, tan cerca, todos tenemos una *brain injury*, todos. Nadie queda igual. ¿Crees que estás igual?». Lo miro en silencio y entonces me contesta: «¿Ves? Tú tampoco estás igual que antes. Como dice Catalina, a todos nos quedó el cerebro como una maraca».

El misil cayó a las 7:28; la ambulancia que recogió a Victoria salió con ella a las 7:38. Dima, más de un año después, ya ha vuelto a Kramatorsk varias veces, como voluntario. «Estuve en el lugar donde se encontraba el restaurante. Y no lo podía creer. Al ver cómo quedó ese sitio me digo que todos los que estábamos allí, todos, deberíamos estar muertos», y me muestra una foto que se tomó en el lugar.

«No logro entender cómo estamos vivos», continúa; «mucho menos tú, que pareces un tipo de bibliotecas, de universidad, no una persona hecha para estar cerca de un frente de guerra; evidentemente no entendías nada de lo que estaba pasando, de lo que pasó».

Yo solo le digo que tal vez si lo escribo lo pueda entender. No quiero volver a Kramatorsk; solo escribir sobre Kramatorsk. No sé qué más hacer. Nada. Me siento y escribo. Aunque no quiera. Me obligo a escribir. ¿Qué más puedo hacer, Dima?

*

Puedo recordar a la perfección, pese a todo, y voy a recordarlo siempre, que Victoria estaba muy pálida, más pálida aún de lo blanca que era, con la cabeza levemente inclinada hacia atrás. Entre el polvo, el humo, los gritos, la cámara lenta que sigue a una explosión devastadora, Victoria a veces abría brevemente los ojos como si algún resto de su mente quisiera averiguar lo que pasaba. Le pregunté a Sergio si estaba viva y él me dijo que tenía pulso. Algo, nunca supimos con seguridad qué, había alcanzado a Victoria en la parte de atrás de la cabeza, en el occipital, y cuando nosotros nos recobramos del estupor del estruendo (el silencio absoluto del aturdimiento, el polvo y el humo que suplantan el aire transparente, el tiempo que se detiene unos segundos y luego se echa a andar en cámara lenta), aunque tenía pulso, no reaccionaba por mucho que Dima y Catalina la tocaran y gritaran su nombre. Inmóvil, pero erguida en su lugar, recta, como una estatua de mármol vestida de negro.

Yo sabía que los rusos suelen lanzar dos misiles o tirar dos bombas en el mismo sitio, primero para matar y luego para hacer más daño, para rematar también a los heridos y a los socorristas. Tengo que irme de aquí, pensé, nos van a rematar, y empecé a caminar entre el humo y los gritos hacia la calle. Quería alejarme de allí cuanto antes. Pasé frente al jeep de Dima, en el que habíamos venido desde Kyiv, y vi que estaba destrozado, con todos los vidrios rotos, con latas retorcidas. En ese momento empezaron a sonar las sirenas de ataque aéreo, las que no habían sonado antes por falta de tiempo, porque el ataque había sido con un misil supersónico y, al ser lanzado desde una distancia relativamente cercana, no había sido posible captar su trayectoria precisa y anunciarlo. Sonó otra explosión muy cercana, efectivamente, pero el segundo misil, después se supo, había errado el mismo blanco por algunos centenares de metros. Eso salvó nuevamente a mis amigos y quizás a mí también (no sé si ya me había alejado lo suficiente o no).

Catalina, Sergio y Dima siguieron con Victoria, pidiendo ayuda a los gritos; rápidamente se acercaron un médico, o quizá solo un enfermero, y otras personas que vinieron en su auxilio. Todos los heridos graves estaban en la parte interior del restaurante, muchos de ellos atrapados bajo el peso del techo de concreto que había caído sobre sus cabezas. Por estar afuera, en la terraza, cuando empezaron a llegar las ambulancias, Victoria fue la primera herida en ser evacuada del restaurante. Estaba viva y nosotros no queríamos renunciar a la esperanza.

*

Lo primero que produce una explosión de esas dimensiones a pocos metros de tus oídos es como una interrupción momentánea de lo que perciben los sentidos. Como si todo se paralizara un instante, el espacio y el tiempo. Es muy difícil saber cuánto dura ese instante porque es algo que, precisamente, se sitúa fuera del tiempo (como la anestesia) y fuera del espacio (porque uno deja de saber dónde está). Como si en una película pasaran unos cuantos fotogramas en negro y luego la escena retomara donde iba antes, levemente alterada. Al retomar es cuando pienso «nos mataron», y caigo o me levanto del suelo, no sé bien, las dos cosas parecen ocurrir al mismo tiempo. Cuando me levanto, todo parece ir en cámara lenta; sé que ha ocurrido algo grave y mi remoto y dormido instinto periodístico me insta a registrar con torpeza el momento. Era raro, pero, en realidad, al mismo tiempo me siento importante e inútil, vital y derrotado.

Lo único que mi teléfono graba es el suelo, los vidrios, las piernas, el polvo, los gritos incomprensibles de la gente. Meses después le pido a Maryna Marchuk que oiga y me cuente lo que dicen esos gritos. Esta es su respuesta: «He estado intentando discernirlo, pero lo único que pude oír claramente es "agua, traigan agua" (en los gritos de una mujer). Antes de la segunda explosión creo oír a un hombre diciendo "se oye" y después "disparado", pero no estoy muy segura, no sé siquiera si tiene sentido».

Tiene todo el sentido. El tipo de misiles que dispararon, según la investigación de Truth Hounds, se alcanza a oír muy brevemente antes de que dé en el blanco.

*

Después de la explosión yo vagaba como un zombi por las calles aledañas al restaurante, veía las ventanas hechas trizas en el suelo, gente incrédula y pasmada, y una y otra vez iba repitiendo, mientras seguían sonando las sirenas de alarma aérea, para quien quisiera o pudiera oírme: *I am looking for a shelter, I am looking for a shelter*. Nadie entendía qué estaba haciendo por ese lugar lleno de escombros un viejo transido de angustia que no sabía, y todavía no sabe, qué estaba haciendo allá, en Kramatorsk, a las 7:30 de la tarde, tan cerca del frente de batalla, es decir, de la muerte en las trincheras ucranianas que tratan de contener el avance del ejército ruso. La gente me miraba como se mira a un loco que camina muy sucio y extraviado por la calle mientras habla en una lengua extraña. Parecía un sonámbulo en un poema de Vasyl Stus[10]:

¿Quién es? ¿Un hombre vivo o muerto? O es posible que esté vivo y muerto a la vez, solo consigo mismo.

En esa soledad del que se percibe medio vivo y medio muerto, en todo caso, me obligué a levantarme y a seguir caminando paso a paso,

mira, has vuelto a nacer
en un cuerpo nuevo, en un nuevo espíritu

---

[10] Uno de los más destacados poetas ucranianos (1938-1985), fallecido en el campo de concentración de Perm, en Siberia, después de ser salvajemente torturado.

como dijo también Stus, y sentí la necesidad de llamar a mis personas más cercanas y queridas, quizá para sentir de verdad, al poderlo decir, que estaba vivo, vivo, algo que no era poco, después de lo vivido, después de lo morido. Así decía un tío abuelo mío: «No me asusta la muerte, sino la morida».

Entonces empiezo a llamar, en su orden, a Daniela, mi hija mayor, que no me contesta; a Simón, mi hijo menor, que tampoco me contesta. Esto no es raro, es una regla de los tiempos del móvil. ¿Quiénes son las personas que no contestan nunca el celular? Los hijos. Llamo entonces a Alexandra, mi mujer, que de inmediato me contesta. Está en una feria del libro, en el estand de nuestra editorial, y parece eufórica; nuestros libros gustan mucho y se venden muy bien, alcanza a decirme. Tengo que interrumpirle su entusiasmo. Le digo, óyeme, ponme atención: ante todo, estoy vivo. Estoy bien, pero podría estar muerto, completamente mudo y muerto. Quiero que tú y Dani y Mon lo sepan, estoy vivo, antes de que empiecen a llegar las noticias sobre el ataque de los rusos a ese restaurante donde estábamos y a decir que hay muchos muertos bajo los escombros.

Alexandra no me responde, más bien aúlla como un animal herido. No me cree que estoy bien. Le repito lo mismo varias veces. Se lo juro. Finalmente se resigna a creerme, pero me dice que no se siente capaz de llamar a mis hijos ni a mis hermanas. «Me siento muy mal», dice. Quiere estar sola, sola.

Insisto en las llamadas a mis hijos y al fin consigo hablar con ellos y asegurarles que, de los cinco en la mesa (ese pequeño dado tuerto del azar), cuatro salimos vivos, y una, la pobre Victoria, malherida. Me urge prevenirlos de las noticias que les puedan llegar, porque cuando hay un atentado con víctimas y presencia de personas de otras nacionalidades, la gente especula, se difunden mentiras.

Un colega me contó poco tiempo después, por ejemplo, que su editora en Francia, Anne Marie Métailié, le escribe: «Santiago, acaban de informarme que Héctor Abad ha muerto en Ucrania, lo pensaba solo herido, besos». Es curiosa la forma tan sencilla en que se da la noticia de tu muerte. Así será cuando de veras llegue, no esta, en que la puntería de la guadaña se equivoca por unos centímetros, sino la definitiva.

Alexandra (esto lo supe semanas más tarde), aunque era mediodía, después de hablar conmigo se fue para la casa y se acostó. Estuvo dos días en la cama, derrotada, adolorida, pensando en el horror de lo sucedido y en el horror más grande que no nos sucedió. En la alegría porque una persona amada no haya muerto, y en la tragedia absurda de pensar que su esposo podía, sin ningún problema, estar entre las víctimas. Es un pensamiento insoportable para ella y también para mí, para mis hijos, para mis hermanas.

*

Es curioso que el hospital donde llevaron a Victoria se llame simplemente con un número: Hospital 3 de Kramatorsk. Tanta practicidad me resulta sumamente soviética. Por la mañana de este mismo día 27, en el café donde fuimos a desayunar, un coronel del ejército nos concedió una entrevista improvisada. De todo lo que nos dijo, lo que más recuerdo es que una de las tareas de los oficiales menos viejos, como él, consistía en «desovietizar» al ejército ucraniano, que conserva todavía muchos vicios del ejército que fue soviético hasta la médula durante casi sesenta años y hasta hace apenas treinta.

Por los corredores del Hospital 3, cuando van siendo ya las diez de la noche, con lo cual el toque de queda para los civiles ha empezado hace más de una hora, va disminuyendo el horror. Llegan menos heridos, pasan menos camillas arrastradas a la carrera, hay menos gritos de desesperación, dolor o miedo. Salvo el personal sanitario, los civiles empezamos a ser minoría, y cada vez el ambiente se carga más y más de un aire marcial, de personas en uniforme. Los médicos atienden a los heridos detrás de las puertas; las enfermeras trasladan a los muertos a la morgue, cubiertos con una púdica sábana verde; empleadas de aseo empiezan a trapear la sangre en los corredores. Hay menos ruido, menos ajetreo, y al fin va cayendo la luz mortecina y el silencio mórbido de los hospitales por la noche. Yo espero en una banca alejada del corredor y trato de entender lo que nos está pasando y lo que nos ha pasado. ¿Por qué estábamos ahí? ¿Por qué ella está malherida y no yo? ¿Qué quiere decir que nuestro jeep esté destruido, si estaba más lejos de la explosión que nosotros, y en cambio Dima, su dueño, esté casi intacto? Sergio está al fondo, al otro extremo del corredor, y al ser un herido leve, es de los que esperan todavía para ser atendidos, porque lo suyo no es urgente. Catalina se afana por los pasillos y oficinas, tratando de que le den información sobre la cirugía a la que están sometiendo a Victoria en el quirófano del hospital.

A veces alguien se acerca, y al ver mi ropa cubierta de algo que es, o que parece, sangre me pregunta si estoy herido, pronuncia una palabra que incluso en ucraniano —o quizá sea en ruso, pero debió de ser en inglés— creo entender: «Fámilii», o algo así. Yo digo: «No fámilii». Si no estoy herido, si no tengo familia, si ni siquiera tengo nombre, ¿qué estoy haciendo aquí? Señalo a Sergio, que está haciendo fila para ser atendido en la zona de urgencias del otro lado. Levanta los hombros.

De repente un oficial joven, duro, de unos cuarenta años, vestido de civil, pero con un aspecto claramente marcial, se me para al frente y me habla en ucraniano. O en ruso; no sé distinguir las dos lenguas. Le digo, en inglés, que no le entiendo. Una joven que habíamos visto en el restaurante, y que habla español, se cuadra frente al hombre, casi firme, y le habla. Hablan de mí, intuyo. No logro atrapar ni una sola palabra en ucraniano, que además lo susurran. La joven cambia el ademán serio y obediente que ha tenido con el oficial, y se dirige a mí con una sonrisa forzada: «Como usted podría tener una concusión, una conmoción cerebral, vamos a trasladarlo a un hospital vecino, donde no hay tanta congestión como aquí, para que lo examinen». Yo le digo, al fin en un idioma en que nos entendemos, que estoy bien, que no tengo nada, solo este pequeño corte en la frente que no hay que coser. Ella dice que en situaciones como esta de la explosión, a veces uno cree que está bien, pero está mal. Que es necesario que me examinen en el otro edificio, y que una persona vendrá a llevarme allí.

Al minuto llega un hombre enorme, muy gordo, que se me planta al frente y me dice que lo siga. Lleva uniforme de soldado. Yo me levanto, pero no quiero ir. Insisto en que me siento bien, que nada me duele, que simplemente estoy ahí para saber cómo sigue Victoria y para acompañar a un amigo que está herido. Me giro para señalar a Sergio, pero él ya no está; seguro lo han entrado a la sala de urgencias. La mujer me insiste en que debo acompañar al hombre, pues tienen que averiguar si yo tengo una *concussion* (lo dice siempre así), tienen que examinarme. Le digo a ella que, como estábamos en mesas contiguas en el restaurante, entonces también deberían examinarla. Ella sonríe casi con tristeza. Al parecer le dice al gordo lo que yo acabo de decirle. El gordo, creo entender, le dice que entonces venga con nosotros. Ella se sorprende, pero empieza a seguir al gordo, y me dice que los siga.

Yo suelto otra carta, les digo que yo también estudié medicina (es verdad, un semestre), pregunto si el señor es médico, e insisto en que mi estado de salud es bueno y no hay ningún síntoma en absoluto. Ella dice que sí, que el gordo es médico. Más médico soy yo, pienso. Ellos siguen andando y verifican cada cinco segundos que los esté siguiendo; me vigilan. Nos alejamos del hospital y nos dirigimos hacia un edificio mucho más lúgubre, pasando la calle. El gordo abre con llave una puerta de hierro que parece conducir a un sótano. Eso es cualquier cosa menos un hospital, me digo. Bajamos un tramo de escaleras, pero luego, en lugar de seguir bajando a la mazmorra que me temo, empezamos a subir. En el edificio no hay luz. Lo poco que alcanzo a ver es por algún resplandor externo que se filtra entre ventanas polvorientas. Digo por última vez que no tengo nada, que no hay necesidad de que me examinen. La joven se vuelve, me mira casi con rabia y dice: «¿Pero es que acaso no te gusta caminar detrás de una chica guapa como yo?».

El gordo jadea, aunque es joven. Le cuesta subir, más que a mí, los cuatro pisos que ascendemos, siempre a oscuras. Avanzamos por un corredor sin ventanas, en una penumbra casi completa. «Ya casi llegamos», dice la chica. El gordo abre una puerta y entramos en una oficina a oscuras que evidentemente no es un consultorio. Prenden la luz. Hay unas sillas y dos escritorios, cierto desorden de papeles y carpetas. Al menos no vislumbro instrumentos de tortura. La joven y el gordo susurran entre ellos en su lengua eslava, sea la que sea. A los cinco minutos entra el que debe ser el jefe. Cierra la puerta. Me mira de arriba abajo, mi mugre, mi vejez, las manchas negras de tierra o de sangre, la cara consternada. Con el mentón me indica que me siente. Eso lo entiendo. El duro empieza a discutir con el gordo, la mujer también interviene. A veces me lanzan una mirada de reojo. No comprendo lo que dicen, solo entiendo que discuten, que hay algún desacuerdo. Así como antes entendía la palabra «fámilii», ahora intuyo otra, «crímini», o tal vez «criminalii».

Como me pasa siempre que no sé qué hacer, pero lo único que creo es que debo mantener la calma, no gritar, no exaltarme, saco del bolsillo mi libreta y me pongo a escribir cualquier cosa. «Victoria recibió las heridas que yo no tengo. Cada una de estas manchas son los sitios de los proyectiles que no entraron en mi cuerpo. Todo está derrumbado; el baño está derrumbado. Si me hubiera demorado un poco más meando, también estaría muerto. Si estos tipos me interrogan y no logro explicar qué estaba haciendo aquí (¿qué estoy haciendo aquí, en Kramatorsk, qué estoy haciendo aquí? Nada, en realidad nada, vine porque me trajeron, vine a ver algo que en realidad no conozco, la guerra)… En el corredor había un muchacho lleno de sangre y con la cabeza vendada. Su novia, debe de ser su novia, llora sobre su regazo. El muchacho también llora. Después hablan, no sé de qué, pero creo que ella está feliz de que esté vivo, de que los dos estén vivos».

El duro le dice a la mujer que me pida el pasaporte. Hay otra discusión. Ella ha dicho la palabra *kolumbiytsi* y mi pasaporte es español. Ella me pregunta que al fin qué soy yo, colombiano o español. Le digo que soy colombiano de nacimiento, pero que también tengo ciudadanía española. No sé si les gustan las dobles nacionalidades, no parece. Discuten, discuten. Cierro mi cuadernito y se me ocurre sacar el celular para tomarles una foto. Sería un suicidio, pienso, una prueba más. Opto por parecer mucho más viejo y mucho más idiota de lo que soy. Vuelvo a abrir la libreta y escribo que estoy en una sala de interrogatorios. Si me pasa algo, a lo mejor alguien algún día encuentre esta libreta, como el diario del amigo de Amélina, aunque ahora no tenga tiempo de enterrarlo en ninguna parte. Finjo ser lo que soy en ese momento, o lo exagero: un pobre colombiano, el más viejo de todo este edificio, sea lo que sea el edificio, mucho más oscuro de piel que ellos, que ingenuamente cree que le van a hacer un examen médico en una oficina de interrogación. El duro me mira, su único examen es con los ojos. Más que un examen médico, es una pericia policial. Discuten, discuten. No su lengua, sino mi intuición de cualquier lengua, me dice que no consiguen decidir si interrogarme o no, si deben considerarme sospechoso o no. Para el hombre de abajo, el que dijo que debían llevarme a algún lado, lo era. Para el duro de aquí, no lo soy. Evidentemente no hay médicos en este edificio, lo que se está decidiendo es si yo puedo ser cómplice, de alguna manera, del lanzamiento del misil. ¿Se puede señalar a este *kolumbiytsi* de ser cómplice del atentado ruso, de haber pasado información, de alguna cosa, cualquiera que sea?

Después de unos diez minutos de discusión, una de las dos versiones ha ganado, sin ninguna pregunta sobre mi salud ni sobre mi profesión, ni sobre nada. Solamente sobre mi nacionalidad. Se han puesto de acuerdo. Hay menos tensión en el aire y creo, solo creo, que he sido declarado inocente. No sé si me ha salvado lo español o lo colombiano, lo viejo o lo idiota, la libreta o la cara de consternación, y me da igual. El duro le dice algo al gordo, y el gordo sale. Al rato vuelve con una bolsita. El duro la abre. Para mi consuelo, es un tensiómetro. Me lo pone en el antebrazo derecho, sobre la chaqueta, con cierta torpeza. Ni siquiera usa el estetoscopio para oír los latidos y medirme bien la tensión arterial. Todos los hijos de médico sabemos cómo se toma la presión, y no se toma así. Además soy un paciente cardíaco e hipertenso que se toma la tensión obsesivamente todas las semanas. Es una pantomima, este falso examen, pero la acepto. Yo hago la comedia del enfermo que está siendo examinado. Él actúa de médico que examina. Rápidamente me quita el tensiómetro y al fin me dice algo comprensible: *You are good*. Lo dice así, y no sé si es un error por *you are fine*, o si realmente su dictamen, más que médico, es moral. Me dice que me puedo ir. La muchacha le dice al duro algo en ucraniano. Mi intuición de la lengua me lo hace entender. Ella también debe quedar limpia ante mis ojos. El duro sonríe. La mira irónico. Le pone el dedo índice frente a la nariz. Hace una cruz, sigue sonriendo, le dice lo mismo: *You are good*. Nos podemos ir.

El gordo, ahora con una actitud casi condescendiente, baja las escaleras a mi lado y me ilumina los peldaños con amabilidad con la luz del teléfono. Volvemos al corredor. Catalina y Sergio (ya vendado en el muslo y en el brazo) me preguntan dónde diablos me había metido. Les ruego que nos vayamos lo más pronto posible de ahí. Todo el mundo está paranoico y estuve a un paso de ser interrogado o detenido. No puedo estar seguro, pero es lo que siento. Le decimos a Dima que nos queremos ir. Nos dice que lo esperemos cinco minutos, que la mujer con la que está hablando es una oficial de inteligencia y le está haciendo preguntas rutinarias sobre lo que vio, sobre el motivo de su viaje, sobre nosotros.

No veo la hora de irme de ahí. Media hora después, al fin, salimos del hospital y volvemos al hotel.

*

Los fatalistas lo ven como un destino. Quienes creen en la providencia lo interpretan como un milagro. Yo, que creo en la existencia del azar, lo veo como una casualidad. Pero las cosas casuales son más o menos probables según los riesgos a los que nos expongamos. Cuando escapábamos de Kramatorsk, al día siguiente del atentado y la masacre cometida por los rusos, le pregunté a Sergio Jaramillo:

—¿Por qué lo hicimos?

Y él:

—¿Por qué hicimos qué?

—Lo de ir a meternos en la boca del lobo.

—¡Porque era lo que había que hacer! —dice con una voz seca, distante.

Yo lo pensé un momento y al fin le dije:

—Tal vez era lo que había que hacer, y no me arrepiento. Pero no lo volvería a hacer nunca.

—Es una buena conclusión —dice Sergio, y cierra los ojos haciéndose el dormido.

Pero ¿es verdad que no me arrepiento? Tal vez no me arrepiento simplemente porque estoy vivo. Si estuviera muerto no podría siquiera arrepentirme. Y si hubiera salido malherido (si hubiera perdido un ojo, un brazo, una pierna) sería más probable que siguiera arrepintiéndome hasta el último día de mi vida. Es muy fácil no arrepentirse cuando uno sale ileso. Estar indemnes nos evita pensar en los enloquecedores «futuribles» (en esos condicionales, si esto, si lo otro) y uno se limita a los hechos sin dejar volar la imaginación hacia el terreno de lo posible. Esta es una característica de la mente humana que nos puede llevar a la locura. Lo que podría existir, o lo que pudo haber pasado, si se hubieran dado ciertas condiciones. «Si yo no hubiera ido a ese café al que no quería ir, donde conocí al amor de mi vida...». «Si yo hubiera entrado al baño un minuto después...». «Si yo no me hubiera cambiado de puesto simplemente porque oigo mal por el oído derecho...». Lo que hay es lo que existe, lo ocurrido, y lo podemos llamar destino, azar o providencia, según nuestra manera de entender el mundo. Para mí, por ejemplo, es un azar que en Kramatorsk haya muerto Victoria Amélina y no Sergio Jaramillo; que no hayan muerto Dima ni Catalina y no haya muerto yo. Lo que no es un azar, sino un acto criminal y deliberado, es dar la orden de lanzar un misil supersónico contra un establecimiento civil poco antes de las siete y media de la noche, la hora en que más gente se reunía ahí a comer. El azar interviene al repartir la suerte de quiénes mueren, pero hay voluntad y crimen en el acto de querer matar el mayor número de personas posible.

De algún modo, no arrepentirse, pero no estar dispuesto a repetir lo que se hizo, es contradictorio. Es como decir que fue bueno haber estado allá. Y haber estado allá, en cambio, fue espantoso. No por la cercanía de la propia muerte sino por la certeza presenciada de la muerte ajena. Solo si lo cuento deja de ser horrible porque se convierte en palabras y las palabras no estallan ni matan a dos gemelas adolescentes, ni hieren a un bebé de ocho meses, ni le quitan la vida a Victoria Amélina y a doce personas más. Pero si lo escribo podría ser también un acto de vanidad: me sitúo en el centro de la atención, como me dirá luego mi hija, simplemente por haber corrido con la suerte de haber sobrevivido, lo cual no es ningún mérito. Como no es ningún mérito haber ido, ni haber estado ahí en el preciso momento en que el infierno de un misil Iskander nos cayó del cielo. Si es así, entonces lo único digno sería guardar silencio.

Como estoy escribiendo, esto no es guardar silencio. Como nadie lo ha leído, salvo yo mismo mientras lo hago, esta es todavía una escritura silenciosa, sin lector, sin eco y sin testigos. Mi dignidad estaría a salvo si no publico esto que escribo. O si lo destruyo o si lo tiro al baúl de las muchas cosas que he escrito pero que no considero dignas de ser publicadas. ¿Se puede acusar a un muerto de un acto de vanidad? Supongo que sí. Mandarse a hacer un mausoleo, un gran sepulcro o una pirámide son actos de vanidad póstuma. Y los escritores —algunos por lo menos— aspiramos a que los libros (y hasta los fracasos que no editamos) nos representen cuando estemos muertos, en la ilusión de una forma de supervivencia.

Entregarse a la creencia, a la locura de que existe el destino, un día señalado para cada cosa, o de que hay un ser providencial que nos protege o nos llama a su presencia según su voluntad, tiene la ventaja de que al menos uno así se concede la calma de no seguir buscando motivos, el consuelo imaginario de haber encontrado una causa. Al ceder al destino o al someterse a la providencia, lo que sucede deja de depender de nuestra voluntad, ya nada importan nuestra imprudencia o nuestras precauciones. También la providencia benévola o malévola, pero en cualquier caso inescrutable, genera al menos una especie de ataraxia y nos libera de la peor carga de la cultura judeocristiana: la culpa.

*

¿Dormimos? Más bien podría decir que no dormimos en el pequeño Hotel Gut de Kramatorsk al regresar allí después de la explosión y las horas de espera en el hospital. En el sencillo comedor, diminuto, tomábamos café pasado con whisky, o whisky pasado con café, con otras personas que se alojaban allí y que curiosamente —o no tan curiosamente, en la ciudad había muy pocos restaurantes donde se pudiera comer más o menos bien, más o menos en paz— habían sobrevivido también al ataque en la pizzería. Recuerdo un pequeño grupo de activistas sociales holandeses que llevaban comida a los damnificados por los bombardeos a edificios civiles en la parte del Donetsk no tomada por los rusos; recuerdo también a una fotógrafa británica —o tal vez sueca— que estaba muy afectada (tan afectada como nosotros, quizá más), sobre todo porque al lado de su mesa había visto el cráneo ensangrentado de un bebé de meses. Su nombre es Anastasia Taylor-Lind, y en esos días viajaba con otro Dima, su propio *fixer*, tocayo del nuestro, porque estaba documentando los estragos ecológicos que la guerra había traído a esa región del este de Ucrania.

Si no recuerdo mal, Anastasia hablaba con Catalina de los platos blancos de repente cubiertos no de comida sino de sangre. No intenté hablar con ella (no intenté hablar con nadie, estaba sin palabras); ella y Catalina susurraban algo; la fotógrafa estaba herida en un brazo y tenía una gasa pegada con esparadrapo en la nariz. Recuerdo que en un momento de la noche Sergio me dijo que teníamos que escribir un comunicado para contar lo ocurrido. Le dije que yo era incapaz de escribir, que escribiera él lo que quisiera y yo lo firmaba de inmediato, incluso sin leerlo. Así hicimos.

Meses después intenté ponerme en contacto con Anastasia, pero ella no quería hablar de esa experiencia horrible. Además de fotógrafa, Taylor-Lind es poeta y, tal como Victoria, se había volcado a la poesía para poder expresar lo incomprensible, lo inexpresable: ir a documentar la muerte y la devastación, y morir-no morir en el intento. A veces yo también cometo poesías, pero del viaje a Ucrania no me ha salido ni un solo verso, no sé por qué. Creo que en mí la poesía está asociada al sueño, y con Ucrania tampoco sueño; solo de vez en cuando me despierta una explosión vivísima que parece derrumbar por completo el edificio donde vivo y hace que me levante a los gritos. Me he tenido que arrancar a la fuerza toda la prosa de este libro que quiero terminar lo más pronto posible y no se acaba nunca para mí. O lo termino o me termino yo.

En *The Guardian* encuentro un poema de Anastasia. Ella no estaba en la terraza con nosotros. Lo traduzco:

Ria Pizza, Kramatorsk, 19:32

De repente, un estruendo
cae sobre nosotros
hipersónico

    Dima está sentado frente a mí
    aplasto mis palmas sobre la mesa
    lo miro

    sé exactamente
    lo que está pasando
    fruncida —mandíbula apretada— ojos cerrados

    un chasquido sordo
la explosión que arroja aire caliente
    retuerce el metal... el vidrio

golpeando alrededor —más y más—
fragmentos calientes en añicos
en mi costado izquierdo

*Dima tiene sangre
que corre por su cara
está gritando* sótano

*yo también tengo sangre
empapando mi suéter morado
sangre*

*la boca seca
no me sabe a hierro
me doy golpecitos en los pómulos…*

*cuencas de los ojos… en busca de la herida
mis dedos se deslizan en la
seda de la sangre*

•

*sótano… respirando polvo de ladrillo
mi linterna examina
las heridas de Dima*

*no quiero verlas
pero lo inclino hacia adelante
un corte rojo en lo alto de la cabeza*

*no hay cerebro blanco
no hay metralla… alivio
alivio cuando los soldados toman el control*

*le vendan la cabeza
pregunto ¿Mi cara está bien?
una camarera me da una servilleta roja*

*me lleva la mano
hasta la nariz... hace presión ahí
en mi cara y luego salimos de allí*

*Dima y yo
atravesamos el restaurante volado
sobre vidrios que crujen*

*marcos de ventanas retorcidos...
comida todavía en las mesas... un plato
de papas fritas regado con vidrio*

*salpicaduras de sangre
¿o es kétchup en las mesas?
sillas en la calle*

*el atardecer apenas comienza...
la gente sale de sus casas desconcertada
y mira fijamente... llamo a mamá*

*le digo que estamos vivos antes
de que vea las noticias... nuestro auto
está apachurrado pero arranca a la primera*

*Dima deambula por ahí
buscando una salida
antes de que lleguen las ambulancias*

•

*en la sala de urgencias
gabinete para heridos capaces de caminar
Dima espera*

a que un médico le cosa
la cara… la sangre le rueda
por el pómulo

    toma una foto *dice Dima*
    querías hacer fotos
    de civiles heridos

    no sonríe, ni yo… en el suelo un par
    de tenis Gucci blancos salpicados de sangre…
    pasillo lleno de gente ensangrentada

    es de noche… en el hotel
    las chicas de recepción
    están en los escalones de entrada temblando

    y llorando al ver nuestras caras
    Alya me ofrece pepas para los nervios
    que ella ya se tomó

•

no lloro hasta el otro día
mientras leo sobre los muertos…
todavía hay cuerpos

    bajo los escombros
    cuando volvemos allí
    a buscar mi cuaderno…

casi todo el edificio ha desaparecido… las paredes
y las ventanas han cambiado de lugar… concreto
losas apiladas a la entrada

hay sillas en la calle
hay vidrios en la comida
hay cuerpos bajo los escombros

•

misil Iskander… ojiva de 500 kg
precisión de cinco a siete metros
había un soplón… el SBU lo apresa

respondo las preguntas de los investigadores
dibujo mapas y hablo con un terapeuta
una sombra se oscurece sobre el patio…

rugido repentino de un motor de crucero…
cierro los ojos
el chasquido sordo del impacto…

mi sistema nervioso está destrozado hablo rápido
olvido palabras pierdo el equilibrio me duele la cabeza
hoy es el funeral de Victoria

al otro lado de su ataúd observo
fotógrafos que se balancean juntos en silencio
en busca de un encuadre

cuento cinco lo sé
pero nadie me reconoce al otro lado
sin mi cámara

había vidrios en la comida
había sillas en la calle
apenas empezaba a atardecer.

Le pido permiso a Anastasia para ponerlo en mi libro, y ella me lo da. Este es el poema que Victoria, si hubiera sobrevivido, habría querido escribir. La poesía condensa (cuando es buena) lo que la prosa no puede lograr.

*

Meses más tarde supe que también esa noche Dima, nuestro *fixer*, había logrado llevar su camioneta al parqueadero del hotel. Su auto también, como el del otro Dima, había arrancado a la primera, pues el motor no estaba averiado. Todos los vidrios estaban rotos y el jeep estaba desplazado de su eje por el chasis torcido, pero se movía. No era posible regresar a Kyiv con el esqueleto de ese carro, así que Dima estuvo el resto de la noche buscando un transporte en el que nos pudieran llevar a Sergio y a mí a la capital. Nosotros queríamos salir cuanto antes de allí, alejarnos lo más pronto posible. Antes del amanecer, nuestro Dima nos encontró un carro para compartir. En él viajaban un conductor y un oficial del ejército ucraniano. Por la mañana, a eso de las ocho, nosotros nos acomodamos atrás. Sergio cojeaba con su pierna vendada; le dolía moverla. Abrazamos a Dima, que debía conseguir una grúa para evacuar su vehículo, y luego a Catalina, que iría al hospital en una ambulancia de Médicos Sin Fronteras para trasladar a Victoria, intubada, entre la vida y la muerte, a un hospital más especializado, en Dnipró.

Mientras nosotros huíamos hacia el oeste y superábamos fácilmente los retenes gracias a la presencia del oficial que (nunca he sabido distinguir las insignias de ningún uniforme militar) debía ser coronel o general o al menos capitán, Catalina nos iba mandando informes de su viaje en ambulancia hacia Dnipró. Iban por carreteras secundarias y del modo más disimulado posible porque muchas veces los aviones y drones rusos han atacado y destruido también ambulancias. Sergio y yo no podíamos dejar de comentar el valor y la solidaridad de Catalina. Yo por dentro me avergonzaba de estar huyendo de Kramatorsk, de la nueva amiga herida, de la vieja amiga periodista. Victoria tituló su diario, que pensaba pulir y terminar en París, *Mirando a las mujeres que miran la guerra*. Yo veo entonces, con los ojos de la imaginación —y con una foto que me manda Catalina de la mano de Victoria con un oxímetro en el dedo índice—, a dos mujeres que viajan juntas en una ambulancia, la una muriendo y la otra viendo cómo se muere su amiga. Victoria miraba y Catalina mira la guerra de frente. Son mujeres como ellas las que nos enseñan a verla, a entender su dolor, su sufrimiento inaudito, su terrible injusticia que los hombres fuertes (antier Stalin y Hitler, ayer Putin, hoy Trump y Netanyahu, mañana y pasado mañana no sé quiénes) intentan mostrar como algo heroico, necesario e incluso, paradoja de paradojas, pacificador. Los que empezaron la guerra, los que hicieron morir a cientos de miles de soldados y de civiles, entre estos Victoria, ahora llaman paz a ese final de la guerra que ellos quieren después de tanto matar.

Mientras pensaba en las mujeres valientes, tomaba capturas de pantalla de Google Maps y les iba mandando a Alexandra y a mis hijos referencias de los lugares del mapa en los que nos encontrábamos a medida que nos alejábamos del frente en el carro del oficial del ejército ucraniano. Huíamos del Donetsk hacia Kyiv, hacia otra ciudad también martirizada y amenazada, bombardeada con frecuencia, y, sin embargo, cada kilómetro que nos acercábamos a ella nos sentíamos más seguros. Salíamos del infierno hacia el purgatorio, y algo es algo en situaciones así.

Llegamos al fin a las afueras de la capital y dejamos el vehículo del oficial en una bomba de gasolina. Al despedirnos, el oficial me regala alguna insignia de su batallón en tela, como recuerdo o amuleto de una defensa heroica y desesperada del este de su país. Desde ese sitio podíamos seguir ya solos en un taxi, Sergio y yo.

En el Hotel Opera nos esperaban las maletas que habíamos dejado en el depósito y también, con su cara y su ademán tranquilos, un gran periodista de guerra de *El País* de Madrid, Luis de la Vega. «No serás descendiente de Garcilaso, muerto en la defensa de una fortaleza», le dije yo. Luis, que ahora está en Israel, en Siria y en la frontera con Gaza, me miró un poco escéptico, pero condescendiente, como se mira a un loco; al fin sonrió y me aclaró: «No soy De la Vega, sino De Vega». «Entonces descendiente de Lope, que murió en la cama», le dije yo. Y él: «Mejor así». Catalina le había encargado que nos cuidara a Sergio y a mí, y que nos llevara personalmente a la estación por la noche, sin perdernos de vista hasta que no ocupáramos nuestro vagón y el tren saliera, poco después de las 22:00. Quería que un colega suyo nos cuidara en Kyiv, tal como ella nos había cuidado en el Donetsk. Como el ángel de la guarda que es, Catalina no nos desampara ni de lejos, ni de noche ni de día, así sea con algún emisario suyo, mientras ella acompañaba a Victoria al hospital donde aún había una remota esperanza de poder salvarla.

*

Antes de subir al comedor del hotel, donde Sergio había organizado algunas reuniones virtuales con la gente de ¡Aguanta, Ucrania!, vi sentado en uno de los sillones del lobby a Emmanuel Carrère, el gran novelista francés. Yo no lo conocía personalmente, pero había leído con pasión varios de sus libros y teníamos una querida amiga en común, Beatrice Monti della Corte, una baronesa italiana que varias veces nos había acogido (nunca al mismo tiempo) en su residencia para escritores en la Toscana, cerca de Vallombrosa. Me presenté y hablamos un momento de lo ocurrido en Kramatorsk; él había llegado a Kyiv el día anterior para hablar con colegas escritores y periodistas ucranianos sobre la invasión. Le agradecí su libro *Limonov*, esencial para comprender lo que puede ocurrir en la mente de un fanático ruso al estilo de Putin o de Prigozhin, a medio camino entre el espionaje, la delincuencia, el terrorismo y la cursilería romántica nacionalista.

Vino Sergio y también los presenté; se saludaron en ruso y hablaron otro poco en francés. Carrère es hijo de Hélène Zourabichvili, también conocida como Hélène Carrère d'Encausse, según su apellido de casada, primer Secretario Perpetuo (nunca quiso poner su cargo en femenino) de la Académie Française. Ella es (ahora debo decir era, murió en agosto del 23, menos de dos meses después de mi breve encuentro con su hijo) de origen ruso-georgiano y una gran especialista en la historia de Rusia. Hasta la invasión a Ucrania —cuando cambió de opinión—, la señora Carrère d'Encausse era una de las más conspicuas defensoras de Putin en Francia. Al despedirnos, Carrère me dijo que a pesar de todo me encontraba muy bien. Me sentí raro; ¿me veía bien? Yo por dentro sentía que no podía estar peor.

Sergio, que parece de origen más noble que los D'Encausse, cuando subimos al restaurante pidió un par de botellas de un gran vino francés, un Grand Cru que le pareció barato porque hizo mal los cálculos mentales del cambio. Le escribo a Sergio para ver si él todavía recuerda cuál fue el vino que pidió, y de inmediato me manda una foto de la botella, con la etiqueta bien visible: Château Smith Haut Lafitte Pessac-Léognan (Grand Cru Classé de Graves). Cosecha 2014, me aclara, el año de la primera invasión rusa. Qué desperdicio, pienso, mientras le vuelvo a agradecer que quisiera celebrar así, con tan grave perjuicio para su bolsillo, que estuviéramos vivos todavía. En mí estos grandes vinos son perlas arrojadas a los cerdos, dinero que se pierde hundido por la alcantarilla de mi esófago, por la ausencia de mis sentidos del gusto y el olfato, aunque lo cierto es que esa última tarde en Kyiv lo pude saborear con mi imaginación y con mis ansias de estar sedado todo el tiempo desde la noche anterior.

Llegué medio prendido al tren, del brazo del tátarapariente de Lope, y dormí como un niño toda la noche, hasta que el tren entró en Leópolis al amanecer.

No alcancé a ver casi nada de la ciudad de Victoria, pero lo poco que vi me gustó tanto que me prometí algún día regresar, si Ucrania gana la guerra, si Rusia una vez más no la destruye y no se apodera de ella, a verla y caminarla bien. Ese día, me digo ahora, iré a visitar la casa de Victoria, y la de Stanisław Lem, en la capital de aquello que se llamó Galitzia, conocida en español como Leópolis, pero también, como ella me enseñó, Lviv, Lemberg, Lvov y unos siete nombres sinónimos más. Mi nueva letanía.

Una hora después, Sergio y yo estábamos en la cola de una fila larguísima de ucranianos que querían atravesar la frontera hacia Polonia, hacia la Unión Europea. Al abrir mi maleta para mostrar su contenido en la aduana polaca vi que encima llevaba un libro que había terminado de leer en Grecia, una novela de Juan Villoro sobre su padre, y le mandé a Juan una foto de su libro entre mis camisas manchadas. De alguna forma, el mío era un mensaje para consolidar las paces por una discusión violenta que habíamos tenido meses atrás sobre Ucrania. Juan me contestó con unas amables palabras solidarias, pero nunca más hemos vuelto a tocar el tema de la invasión, ni creo que lo debamos hacer (aunque Juan no sea partidario de Putin). ¿No es más importante la amistad que la ideología?

Sergio y yo volvimos al mismo hotel de la plaza central de Rzeszów donde días antes habíamos desayunado con Maryna Marchuk, contentos e inocentes en los planes alegres de nuestro corto viaje a Kyiv. Ahora éramos otros y Maryna no estaba ahí, pues ya había regresado a Andalucía. Como soy un tipo con suerte, le dije a Sergio que, en vista de sus gastos del día anterior con el vino, yo iba a pagar el opíparo desayuno que pedimos, con todos los fierros. Y hablo de mi suerte porque, por algún misterio que nunca pudimos descifrar, al pedir la cuenta de los huevos, los panes blancos y negros, dulces y salados, los encurtidos, los embutidos, los capuchinos, las copas de vino espumoso, la camarera nos dijo que no debíamos nada, que alguien había pagado la cuenta y nos enviaba ánimos y saludos.

Nos faltaba todavía el viaje de regreso en avión, vía Múnich, yo hacia Madrid y Sergio a Bruselas. En el vuelo a Múnich me gané todavía un coscorrón de manos de un extraño fanático alemán (del partido AfD, según la banderita que agitaba en su mano), pero es un episodio tan menor que de esto ya no quiero hablar. ¿Qué es un coscorrón comparado con un misil? Como una picadura de mosquito comparada con el zarpazo de un jaguar.

*

En el pequeño apartamento de la calle del Calvario, en Lavapiés, me esperaba el abrazo (y al fin mi llanto desbocado) con mi hijo Simón. Finalmente estaba a salvo, y recordé un poema que hace mucho tiempo le escribí a él, muchacho, en 2007:

Es largo y elegante
como su propia sombra
y como ella liviano y silencioso.
Lo veo pasar, lo veo dibujar,
lo veo leer, pensar, nadar,
lo oigo callar,
y una ola de amor nace en mi pecho,
me inunda, me sumerge,
me sofoca, me ahoga.
Si me concentro en él
mis ojos se aguan de vergüenza,
por lo bueno que es
y lo malo que me siento.
Es fuerte, firme y sólido, mi hijo,

confiable como un árbol,
sencillo y generoso
como la tierra que piso.
Si en alguien yo tuviera que apoyarme
me apoyaría en él,
me abrazaría a él,
como se hunde un niño
en el seguro pecho de su padre.

Se había venido de Valencia para acompañarme, tal vez para celebrar que a él no le habían matado a su padre, como me lo habían matado a mí.

Después de los abrazos, los consuelos, tras sentir plenamente la felicidad de estar vivo (que consiste sobre todo en abrazar a las personas que uno más quiere), luego del relato más o menos sucinto de lo sucedido antes en Kyiv y después en Kramatorsk, ya solos y tarde en la noche, también llegó con mi hijo el momento de enfrentarnos cara a cara con la verdad. Ese mismo día recibí la carta más dura que he recibido en mi vida; quizá también la más sincera, porque siendo en el fondo una carta de amor, es también una carta con la crítica más feroz que se me puede hacer. Mi hija Daniela me acusaba de haber sido vanidoso al ir a Ucrania, y sobre todo al este del país, cerca del frente de guerra.

Luego de leerla, le comenté muy brevemente a Simón lo que su hermana pensaba de todo esto:

—Tu hermana opina —le dije— que todo esto no fue más que un acto de vanidad. Yo no sé bien qué pensar. ¿Tú crees lo mismo?

—No estoy seguro de que hayas ido allá por vanidad, pero con seguridad sí fuiste muy egoísta. Piensa en lo que me habrías dicho tú a mí si yo te hubiera dicho que iba a hacer un viaje a Ucrania, y más todavía, al Donbás.

Lo medité un momento.

—Creo que te hubiera pedido de rodillas que no fueras. Si no les hubieras hecho caso a mis ruegos, te lo habría ordenado a los gritos. Y como tenías derecho a no obedecerme, no habría sabido qué más hacer.

—Pues eso. Además, no pensaste que, si te hubieran matado, Dani y yo hubiéramos quedado tan rayados como las tías y tú mismo después del asesinato del Aba. ¿Crees que necesitábamos una muerte violenta más? Así sea por una causa justa, la muerte violenta destruye una familia.

Me di cuenta de que tiene razón.

Yo sé —es una de las pocas cosas que me atrevo a decir que sé con toda seguridad— que mi hija y yo nos queremos. Profundamente, con un amor sin límites. Sin embargo, o quizá por eso mismo, nadie es capaz de ofenderme con tanta dureza y precisión como ella. No necesariamente porque lo que ella dijo de mí en esa carta sea del todo cierto. Supongo que en parte lo es y en parte no. Me ofende porque lo que viene de mis hijos yo lo tomo muy en serio, más en serio de lo que me pueda decir cualquier otra persona. Alexandra dice que para mí solo es verdad lo que me dicen mis hijos. Cuando me insulta un enemigo o alguien que me detesta, ese insulto me puede dar rabia, pero no me tumba. Cuando mi hija me ofende, es como recibir un mazazo en la cabeza. Me caigo y aúllo como un perro azotado por su propio amo. Soy incapaz de morder a mi hija, de responderle, de gritarle que lo que dice es mentira. No lo siento, viniendo de ella, como un insulto, sino como un diagnóstico. Y ese diagnóstico me describe como una persona baja, mezquina y egoísta. Me dan ganas de no hacer nada y de no seguir escribiendo. De jubilar mi voz y mi escritura y mi vida; de callarme.

El sentimiento con mi hija me dura unos días. Después se me pasa. Basta que ella me llame otra vez en tono cariñoso y empiezo a olvidar. Así ella tenga razón, si yo no escribo, si dejara de escribir, lo que dejaría de tener razón sería toda mi vida. Voy a seguir escribiendo aunque ella piense, aunque ella haya diagnosticado, que escribo solamente para ser importante, para sentirme el centro del mundo. Yo pienso, en realidad, que escribo para no morirme y para entender y merecer la muerte. Para aprender a morir, como decía Montaigne. Escribiría incluso si nadie me fuera a publicar esto que escribo. Escribiría como escribe Davanzati, ese personaje de novela que tira a la basura todo lo que escribe. A mi muerte, si a alguien le interesara, encontrarían en mis libretas, en mis baúles, en mis archivos de computador miles de páginas que no he publicado nunca. La carta de mi hija me invita a que yo no escriba este libro. Pero tengo que escribirlo, y no por mí, sino por ella, por mi hija, y también por mi hijo, por los dos, y también por Alexandra, que ha sufrido con todo esto más que yo mismo. No escribo para que me quieran más, como dijo García Márquez, aunque quizá también; me parece que escribo por amor a los que quiero. Escribo para demostrar que mi padre tenía razón, que no mentía cuando pensaba que su hijo era escritor, lo que a él le hubiera gustado ser toda la vida.

Me consuelo pensando que también hay amor en los regaños de mis hijos, en sus decepciones sobre el padre que tienen. Supongo que se parece a la rabia que a veces sienten algunos padres (o algunos hijos) cuando un hijo o un padre se suicida. Y no puedo negar que había algo suicida en mi viaje, no a Kyiv, pero sí al este de Ucrania. Son muy oscuros y retorcidos los abismos del corazón humano. Si algo he concluido al volver de Ucrania es que ya nunca más voy a querer morirme como el héroe que fue mi padre, ni siquiera por una causa justa. No. Ahora quiero morirme de viejo y en la cama, rodeado de la gente que quiero y que me quiere, como murió mi madre en septiembre de 2021, de vieja, con el cuerpo acabado ya, pero todavía lúcida de mente y llena de alegría y ganas de vivir a los noventa y seis años. Es una gran virtud morirse sin ganas de dejar la vida, amándola todavía a pesar de todo, a pesar del dolor y los achaques, a pesar de la vejez y el deterioro inevitable del cuerpo.

*

Al darme en Madrid una ducha tibia y larga, muy larga, como para limpiar con agua todos esos días, me di cuenta de algo que no había visto. Me creía incólume, pero no: al lado derecho de la barriga, bajando hacia la ingle, tenía una herida redonda y profunda que me ardía, más que dolerme. No sangraba, pues parecía un agujero hecho con hierro, cauterizado, como la marca que se les pone a las reses para que no se las roben. Cerré la ducha y salí para mirarme bien en el espejo: era un redondel negro. Apretando y apartando la piel y la grasa de esa parte de mi cuerpo, de adentro brotó, como si fuera un bicho, una especie de piedrecita también negra que parecía un metal vitrificado. Al extirparme ese pequeño monstruo, empezó a brotar sangre, gota a gota, alrededor del manchón negro, como de carne quemada. Lo que fuera que haya sido eso, había entrado en mí, no sé, un centímetro, quizá menos, quizá más.

Nunca supe con exactitud qué fue lo que entró por detrás de la cabeza de Victoria, atravesando seguramente el occipital hasta llegar a una parte vital de su cerebro. La vida depende del sitio por donde te entre una bala, una esquirla, un trozo de metralla. Miré mi pequeña herida todos los días sucesivos, cuando me bañaba. Metía el dedo con jabón para limpiarme el pequeño orificio, me ponía yodo con un algodón, como mimándola. Todavía hoy, un año después, tengo un anillo oscuro, circular, en ese sitio. En la chaqueta que tenía puesta, y que conservo como un homenaje a la memoria, a la altura de ese mismo sitio de mi abdomen, hay un pequeño agujero por donde entró aquello, fuera lo que fuera, un trocito del regalo que nos disparó el ejército ruso con la intención de matarnos a todos en ese restaurante. La muerte tiró un dado sobre nuestra mesa en ese lugar, una de cuyas caras estaba en blanco y así todos habríamos sobrevivido.

El orificio era pequeño, sí, como una moneda de quinientos pesos o de dos euros. Una moneda que se lanza con el pulgar y gira, gira, gira en el aire y cae cara o sello.

*

Una de las canciones que más me gustan, *Who by Fire* de Leonard Cohen, empieza diciendo:

And who by fire, who by water
Who in the sunshine, who in the nighttime
Who in your merry merry month of May
Who by very slow decay

[«Y quiénes por el fuego, quiénes por el agua
quiénes a pleno sol, quiénes de noche
quiénes en tu feliz feliz mes de mayo
quiénes por lenta decadencia»].

Esta canción se inspira en un lamento fúnebre que los judíos cantan repetidamente entre el Nuevo Año (Rosh Hashaná) y el Día de la Expiación (Yom Kipur). El lamento da otras muchas opciones para morir: «Quiénes de hambre y quiénes de sed; quiénes por terremotos y quiénes por las pestes…». Todos vamos a morir, está claro, pero no sabemos cómo. Si pudiéramos escoger, ¿qué muerte escogeríamos? No sabría decirlo. Lo que sí puedo decir con seguridad es que no quisiera morir como murió Victoria, por el atentado terrorista de un misil ruso contra un blanco civil, en un restaurante en la hora de mayor afluencia de gente común y corriente, y de soldados en licencia para ver a su esposa o a sus hijos.

Luego vienen las reacciones de solidaridad o las de odio; las expresiones de amor o los insultos; la tristeza de unos y el regocijo de otros; la propaganda de la máquina de desinformación hábilmente montada por la inteligencia rusa y replicada por mentes bien o mal intencionadas. *Influencers* de psiquis tan retorcida que son incapaces de concebir que haya convicciones y no interés. Gentes con el cerebro lavado por las calumnias, que creen de verdad que la invasión rusa de Ucrania (que empezó en diciembre del 2013 y no en enero del 2022) es una cruzada contra los nazis. Es inconcebible, pero sí, hay gente capaz de creer en mentiras del tamaño de una catedral que no son más que un intento de capturar mentes ingenuas o de alimentar con odio cerebros ya previamente lavados por la ideología.

*

Escribo esto desde la seguridad de mi casa de Medellín. Una casa. Pero ¿qué es una casa? En un ensayo magistral publicado en *The Guardian*, la lúcida y brillante Victoria Amélina explica de qué modo, paulatinamente, Ucrania, y en parte también Europa, se fueron convirtiendo en su casa, en su hogar. El ensayo se llama «Ukraine and the meaning of home». La casa grande que ella imagina, el país, es un lugar que no va a ser invadido y bombardeado por los vecinos más fuertes. Cuando en diciembre de 2013 cientos de miles de ucranianos, Amélina entre ellos, salieron a la plaza Maidan a reclamar por la traición de Yanukóvich que, pese a sus promesas electorales, quiso afianzar los lazos con Moscú y no con Europa, Victoria entendió a fondo cuál era su casa y qué tipo de casa quería tener, si una autoritaria o una libre. Luchando por una casa así, y denunciando los crímenes de guerra de los invasores rusos, Victoria murió por otro crimen de guerra. Esto no lo voy a olvidar, porque defender su casa, Ucrania, es defender también los cimientos de la nuestra: Europa, España, Colombia. Sí, yo concibo a mi país, Colombia, como una parte del Extremo Occidente, es decir, de eso que se llama la civilización occidental, la que Europa, a partir de Grecia e influida por la cultura judeocristiana, inventó.

*

En la última página de la libreta color vinotinto que yo había llevado a Ucrania para tomar apuntes, encuentro la siguiente anotación: «Hoy es domingo 2 de julio de 2023. Esta mañana, a las 7:31, me enteré de que Victoria había muerto anoche en el hospital de Dnipró. Catalina me reenvió un mensaje de texto que acababan de mandarle: *It's not public yet, but she's gone yesterday around 23:30*. Esto quiere decir que Victoria se murió ayer sábado 1 de julio, alrededor de las once y media de la noche. Alrededor de. Me gustaría saber la hora exacta. No sé por qué siento la necesidad de ser preciso, si en realidad es lo mismo morirse a las 23:24 que a las 23:37. A cualquier hora no estás menos muerto, pero hay en la exactitud un deseo de que la vida se aleje del caos, del azar, de lo absurda y trágica que puede ser.

»El misil ruso cayó sobre la plancha de concreto del techo de Ria Pizza, exactamente a las 19:28 del martes 27 de junio. Catalina alcanzó a oír el silbido del misil; Dima alcanzó a ver que su sombra pasaba sobre nosotros. Sergio y yo solo oímos el estruendo. Yo apenas tuve tiempo de pensar "nos mataron". ¿Alcanzaría a ver o a oír algo Victoria? ¿Alcanzaría a pensar en su hijo? Me voy a tatuar en la memoria esa fecha y esa hora. La hora en que Victoria Amélina perdió para siempre la conciencia; la hora en que Sergio, Catalina, Dima y yo sobrevivimos a seiscientos kilos de explosivo en Kramatorsk, a 21,6 kilómetros del frente de guerra».

Trato de recordar todo lo que pasó en ese restaurante. Hago lo posible por darle orden a lo que oí o vi, antes o después. No entiendo muy bien nada. Es como si al cabo de los meses siguiera tan aturdido como en el momento mismo del ataque. No soy soldado, no soy guerrero, no soy ni siquiera periodista de guerra. No entiendo, pero quiero entender. Tal vez si lo escribo lo pueda entender. La libreta no me ayuda mucho, así que debo seguir yo mismo aquí, sin apuntes, sin ayuda, meses después.

(A propósito y entre paréntesis: esta libreta en la que apunté lo anterior se me perdió un día en Bruselas, estando de visita donde Sergio Jaramillo y Ana María, su mujer, que viven allí. Cuando me di cuenta de que se me había extraviado —para los que piensen que Sergio no es una persona solidaria o preocupada por los demás— y se lo dije a mis amigos, los dos salieron a recorrer el camino que yo había hecho, con la libreta en el bolsillo, esa mañana, de su casa al mercado de las pulgas y del mercado de las pulgas a su casa. Sergio fue parando en cada tienda, en cada café, bar, ferretería, supermercado, zapatería, papelería, lo que fuera, preguntando si alguien había encontrado por casualidad una libreta roja. Al fin, en un hotel, la encontró y la rescató. Un peatón se la había encontrado cerca de la puerta. No es que esa libreta contuviera nada fundamental, creo, pero para mí eran los apuntes de algo que sabía que, sin ese auxilio, yo no sabría recordar ni reconstruir con suficiente precisión).

*

Y al ver tu muerte ahí, en tu propia cara, aunque el muerto no fueras tú sino tu espejo, tu sustituta, al verla y verte a ti en el preciso sitio en donde estabas, dime sinceramente cuánto te asustaste, ¿poco, nada? Más que susto, estupor, incredulidad, la superstición de que tal vez en otro universo estuvieras ya muerto. Y luego una aparente jaculatoria en la que dices «ahora que te conozco, muerte, a la hora exacta en que debí morir, ahora que te veo con tanta precisión, tanto detalle, con todas las minucias, entiendo que hay ocasiones en que la vida se corta como se mocha el cable de la luz, como la rama se corta de un seco machetazo y pasas de ver bien, no a la penumbra, sino a algo que ni siquiera es conciencia de la oscuridad, a la ausencia de todas las sensaciones, a la nula presencia de ningún sentido, a una nada pétrea más fría que la piedra sobre la que ha rodado la cabeza guillotinada para llegar a algo que no es nada, a algo mucho más profundo que el sueño más profundo, y con menos memoria que la de un hielo que se disuelve en agua».

Pienso en la irrealidad de la muerte. ¿Cómo puede ser real la muerte si lo que la muerte hace es, precisamente, suprimir la realidad? La muerte es eso: que la realidad cesa, que el mundo que amas (tus hijos, tu mujer, tu país, tus paisajes, tus cosas) se terminan de repente y pasan a no ser nada.

Creo que muero despacio, pero todos nos morimos «como del rayo», tal y como escribió en la cárcel un poeta que se murió por ese otro rayo que es el maltrato.

*

Con la entrega del ejemplar rojo de la novela de Victoria traducida al español ocurrió algo curioso. A las 19:34 del 27 de junio, el emisario del libro me escribió por primera vez: «Soy José Manuel Cajigas, editor de Victoria Amélina en español. Acabo de dejarte el libro en casa de tu vecino Mariano». Me mandó fotos de mi buzón y del buzón de Mariano Ruiz. Le contesté a las 19:35: «Acaba de caer una bomba». Cajigas: «¡Qué horror! ¿Estáis bien? Espero que estéis sanos y salvos». Fui capaz de contestar apenas tres horas después, a las 22:36: «Todos estamos bien, menos Victoria. Ella está en el quirófano con una herida en el cerebro, grave. Nosotros estamos en el hospital acompañándola. A ella la trajeron inconsciente en una ambulancia. Es horrible. Lo siento mucho». Cajigas: «¿El hospital está allí mismo, en Kramatorsk? No pude imaginar que fuera tan grave... Por favor cuéntame cualquier novedad, escríbeme por favor a cualquier hora. Un abrazo y mucho ánimo».

Cuando conocí a José Manuel unos días después, ya de regreso a la seguridad de Madrid, en el Badila, mi restaurante preferido de Lavapiés, el barrio donde paso una parte del año, Cajigas no podía sacarse de la cabeza que le estuviera entregando el libro de Victoria a mi vecino Mariano exactamente a la misma hora en que nos caía desde el cielo el infierno de Putin. También él era víctima de este síndrome que se dispara con las cosas atroces: la locura de las coincidencias, de las casualidades.

Solo estoy seguro de algo: nuestra intención, la de Victoria y la mía, era leer nuestros libros para poder hablar con más libertad cuando volviéramos a vernos (en París o en Cartagena, habíamos dicho), conociéndonos mejor, con esa confianza que se instala entre los colegas cuando al menos se han leído.

En el Badila comimos cuatro: José Manuel con su hijo Íñigo, y frente a ellos mi hijo Simón y yo. En un momento del almuerzo, José Manuel dijo que pensaba ir a Kyiv a llevar un mensaje de solidaridad a Ucrania. Íñigo le soltó una frase seca, rápida, que pareció salirle de las entrañas:

—Pero ¿quién te crees que eres, el puto lord Byron?

Su frase fue de furor, fue acertada y, sin embargo, los dos que no éramos Íñigo ni Simón nos reímos.

—Lord Byron no tenía hijos; quizá por eso podía permitirse ser un poeta romántico y un defensor de la Grecia invadida por los turcos —dije yo.

Mi hijo me corrigió:

—Tenía por lo menos una hija, Ada, gran matemática. Lo que pasa es que a su padre no le importaba.

*

El relato que aquí he escrito, de algún modo, me ha sido dictado por ella, o mejor, por algo que parece completamente irreal: por el *dybbuk* de Victoria. Hay en la tradición judía una especie de reivindicación de la posibilidad de no morir del todo, y esta se presenta bajo la figura del *dybbuk*. Este es, según la definición del rabino y cabalista Isaac Almojarife, «el alma de una persona que ha muerto antes de tiempo y que regresa a la tierra para vivir los años que no ha podido vivir, completar las acciones que dejó pendientes, y experimentar los gozos y las penas que no conoció».

Antes de emprender esta crónica de mi relación con Ucrania, antes de forzarme a relatar el viaje que hice de Kyiv a Kramatorsk sin calibrar del todo su peligro y, sobre todo, antes de obligarme a contar el atentado criminal que dejaría herida de muerte a Victoria frente a nosotros, pensé que podía procesar y entender mejor esta experiencia a través de un relato imaginario, de una novela. Yo no sabía qué novela podía escribir al respecto, pero dejé que mi mente empezara a soñar como una nube gris encima del papel y, por extraño que parezca, lo primero que se me ocurrió escribir fue lo más doloroso y cercano posible y, al mismo tiempo (por suerte), lo más lejano a la realidad y a mi propia experiencia:

Acaricio el aire a mi alrededor como si fuera el fantasma de mi hija muerta. No diré, pues soy sordo, que la oigo respirar. Tampoco puedo asegurar que ella me ve, que lee mis palabras o mis pensamientos. Tal vez ella esté hecha solo de mi tristeza y mis remordimientos, pero de un modo u otro siento que está conmigo, me acompaña. No creo que me juzgue o me censure, está a mi lado como respira un perro que me quiere y me sigue a todas partes, confiando siempre en que voy a saciar su sed o su dolor, su hambre o su frío, su miedo o sus deseos de juego y de alegría.

Hay momentos en que creo que ella se me mete en los pulmones y se queda ahí un rato acurrucada, oxigenando mi sangre con su risa. Cuando eso me pasa, intento no volver a respirar para que no se disuelva, dejo su espíritu dentro de mí, pero al fin me siento aho-

gar y la espiro y vuelvo a inspirar, y cuanto más respiro más se me va yendo hasta que ya no es ella la que vive en mi pecho.

Escribir esto me resultó muy perturbador. En lugar de escribir sobre el *dybbuk* de Victoria que entraba en mí, ¿por qué lo primero que se me había ocurrido era escribir sobre el fantasma de uno de mis seres más amados, mi hija, que estaba y está viva? Era extraño, pero fue eso lo que llegó a mi mente y a los tres dedos con que escribí lo anterior en la primera hoja de un cuaderno negro, negro como un ataúd. Asustado y arrepentido, decidí tacharlo y desecharlo para buscar otro comienzo, pero durante varios días no se me ocurrió nada más. Silencio, catatonia, cualquier actividad frenética que no tuviera nada que ver con la escritura: apretar tornillos en todas las bisagras de las puertas, ordenar mis caóticos cajones, comprar libros viejos en El Rastro, tocar notas aisladas en la guitarra, sol-la-sol-mi, ir a dos peluquerías distintas en una hora a que me cortaran cada vez más cortas mis escasas canas, mi lanugo de anciano…

Pero el primer *dybbuk* que se había apoderado de mi mente, o si quieren, de mi alma, había sido el espíritu vivo, muy vivo, de una mujer de la misma edad de Victoria. No había otra manera de que una posesión me pudiera afectar y conmover más. Era la única forma en que yo podía creer en ella y comprenderla. Así entendí que esa página no había sido escrita por mí, sino por Victoria, con el único fin de que yo pudiera entender bien las dimensiones de su muerte, es decir, lo que significaba para Ucrania, para sus amigos y para su familia que ella ya no estuviera viva. Y, una vez comprendido lo anterior, a partir de ese momento, pude creer también que el *dybbuk* de Victoria entraba dentro de mí para obligarme a soñar sus sueños, e incluso a vivir y a contar lo que ella no había podido vivir ni contar.

*

Victoria parece instalada aquí, no me abandona ni jamás se aleja. Siento que entra y se asienta cómodamente dentro de mi cuerpo, a veces en las manos, a veces en el vientre, en los pulmones, incluso en las cuatro cavidades de mi corazón, como una mariposa blanca, ingrávida, muy delicada. A veces la oigo aletear muy levemente y me sorprende ese aleteo inaudible que me sale de adentro, aunque no sea mío. Victoria palpita dentro de mí, vive conmigo.

Nunca he creído en los fantasmas o, mejor dicho, desde que salí de la infancia dejé de creer en ellos. Sin embargo, ¿no dijo Spinoza —que no era ningún tonto— que la mente humana no puede ser destruida completamente junto con el cuerpo y que alguna parte de ella permanece siempre?

El alma no se ha inventado para los vivos sino para los muertos. Y primero se ha inventado el alma y después el cuerpo para tener algún sitio donde embutir el alma por un tiempo. Algo así dijo uno de mis maestros, Agustín García Calvo.

El cuerpo, el cuerpo, el cuerpo, el bendito cuerpo. Hace años que ya ni siento que tengo cuerpo, o si mucho lo siento solamente si me duele. Un cuerpo doloroso, no un cuerpo placentero como el que siempre he defendido.

No creo en las ánimas del purgatorio o en las almas en pena o en las almas en la gloria, sentadas a la diestra de Dios Padre. Sé perfectamente que las almas y los fantasmas no existen, pero ahora, ahora que tal vez estoy reblandecido, ahora que el cuerpo ya no me responde como antes, y me duele, y me falla, y me traiciona una y otra vez, me ha dado por sentirlas, aunque no crea en ellas. A la mente se le ocurren muchas ideas locas que son pura basura, tonterías mágicas que hay que desechar, montones de idioteces con las que uno, que se supone que es el dueño de esa mente, no está de acuerdo. Sin embargo, las cosas locas que se le ocurren a la mente son imposibles de controlar porque el cerebro (así como los ojos ven imágenes donde no las hay) dispara fantasías a toda hora por tratar de entender lo incomprensible. Y cuanto más se envejece, o más bien, cuanto más uno se permite envejecer y deja de tener la mente alerta (estar alerta es ser un cazador de espejismos y mentiras, un escéptico), peor, pues cada vez se le ocurren más locuras que son mucho más difíciles de descartar, una tras otra, a toda hora.

Todos los viejos corremos el riesgo de volver a tener los mismos miedos que tuvimos de niños, pero me consuelo pensando que ahora, a diferencia de lo que me ocurría en la infancia, ya no les tengo miedo a los fantasmas, sino que me siento amigo de ellos, me gustan, y algo es algo. No, no le tengo miedo a Victoria cuando me visita y se mete sin permiso en la casa, en las páginas de los libros, en los vasos y las tazas, en los cuadros y las fotos.

Victoria, yo no soy digno de que entres en mi mente, pero una palabra tuya bastará para sanarme.

*

Lo que he escrito sobre mi hija no es una profecía (anunciar la muerte de cualquier ser humano es una obviedad), sino más bien una fantasía, o mejor, para ser exactos, un conjuro. He descubierto que para mí las palabras son mágicas, y basta escribirlas o pronunciarlas para que tengan efectos en el mundo material. Parecen irreales, fugaces vibraciones aéreas que generan imágenes mentales o manchas que despiertan ilusiones visuales, pero producen efectos palpables y reales.

Si pongo en palabras mis fantasías más aterradoras, al obligarlas a ocurrir una vez en letras, en mi mente y en la objetividad del papel, ya no tendrán la fuerza suficiente para repetirse efectivamente en la realidad.

Creo que si algo ha ocurrido una vez, así sea en la ilusión de las palabras, esto significa que por mucho tiempo no puede volver a suceder en el mundo caliente de las cosas que pasan. Hay gente que ni siquiera piensa lo horrible, y si alguien llega tan solo a insinuar la posibilidad de un infortunio, tocan madera y ordenan silencio, como si las palabras o las ideas pudieran atraer las desgracias. Yo pienso exactamente lo contrario: que las palabras previenen las desventuras. Como cuando una madre le advierte a su hijo «¡No hagas eso, niño, que te vas a matar!», o como cuando un padre explica con pelos y señales (con sesos que se estrellan en el techo) el juego de la ruleta rusa, lo mismo. La misma tragedia griega no es para nada una forma de atraer las desgracias, sino de alejarlas. Si uno consigue que la gente se imagine el espanto de la vida, es mucho más probable que lo evite, que haga lo posible por impedirlo.

La risa y la comedia son lo opuesto. La risa y la comedia multiplican el buen humor en la vida, la llenan de alegría y nos ayudan a poner el horror entre paréntesis, a olvidarnos de que existe. La tragedia, en cambio, funciona muy distinto, pues la tragedia representada o escrita no vuelve trágica la existencia. Por el contrario, aleja de la existencia todo lo horrible que pudiera pasar, lo conjura. Ese es su único sentido. Si no, ¿para qué escribir tragedias? No, no es para sanar lo ocurrido contándolo, no. Es para que no vaya a pasar, para que no pase nunca, por mucho que se sepa que es posible que haya pasado alguna vez.

¿Y si la tragedia es ya algo irremediable, si ya ocurrió la muerte de la madre, de la hija, del amigo, de la esposa?

Me la paso pensando y pensando en cosas espantosas, porque si no las pensara podrían ocurrir. Y en esos pensamientos obsesivos me deprimo y me derrumbo, pero al mismo tiempo me siento orgulloso, heroico, como si fuera una especie de pararrayos humano que en todo cuanto piensa o escribe está salvando el mundo, o al menos la partecita diminuta que me corresponde en este mundo, mis afectos, mis hijos, mi calle, mis hermanas, mi mujer, mis amigos.

Es así, me convenzo. Es así, es así, es así. Y con estos horrores no consigo dormirme casi nunca, o me despierto sobresaltado en la mitad de la noche, y en medio de esas pesadillas de ojos abiertos me sorprenden los primeros anuncios del amanecer, los que se ven, los que debería oír, los que olería si al menos tuviera olfato para oler.

Pero algunas veces, como ahora, mientras escucho la música que me gusta y me calma, pienso también que hay que abandonarse sin miedo al capricho de las fantasías, sin miedo a la locura que a toda hora nos persigue, para intentar después ponerle las riendas, las bridas de las palabras, de modo que su razón dormida logre generar alguna verdad, alguna conmoción o claridad, alguna belleza. Eso, sobre todo eso: alguna belleza. Una belleza como esta que, casi con descuido, sigo escuchando. No me percato de que la música —lo quiera o no— consigue curarme, sacarme de aquel lugar oscuro en el que siento que muero, devolverme a la vida y a la luz. A ese cielo azul de la ciudad donde a ratos vivo y que de repente se asoma a mi ventana. De Madrid, el cielo. Sí, no hay ningún otro cielo como el cielo de Madrid. Ni siquiera ese cielo de Jericó o del Carmen de Viboral, que, según mi padre, era el más azul y el más intenso del mundo: azul ultramarino, decía, azul casi pintado con piedra triturada, con finísimo polvo de lapislázuli.

Miro el azul del cielo, azul de Fra Angelico, azul de Giotto, azul de Botticelli, y la música y el azul, por un momento, me devuelven a esa cosa más intensa que extraño: la dicha de estar vivo.

Y luego me arrepiento de mi breve alegría. No me siento con ningún derecho a ser feliz, después de todo esto que ha pasado, que les ha pasado a otros, a tantísimos otros en tantas partes del horrible mundo, y no a mí, o a mí también, pero nunca de lleno, pero nunca del todo.

A mi vida le han sobrado vida y muerte. De esa aparente abundancia proviene mi no saber qué hacer con el peso de las experiencias. Me doblegan, me derriban, me elevan, me exaltan, me asfixian.

Los excesos se viven, se sufren o se gozan, no se escriben.

La vida una y otra vez me ha zarandeado, me ha azotado, salvado, atropellado, derribado y destruido. ¿Qué hacer con una vida cuando esta es excesiva, cuando le sobran muerte y tristeza, aunque también (y en dosis parecidas) vida y alegría? Si pudiera al menos concentrarme en lo bueno, en la alegría, pero no me siento capaz

Después la música me arrastra de nuevo, arrasa con mi yo, y olvido la culpa de estar vivo, porque ya no hay un yo que pueda sentir culpa. La música me devuelve la serenidad y la felicidad de no ser nada, y, sin embargo, de no haber muerto todavía.

*

Existe una célebre carta de Epicuro que en realidad es uno de los pocos opúsculos que se conservan casi completos del fundador de uno de los sistemas filosóficos menos perniciosos que existen: el tan injustamente denigrado epicureísmo. Si bien el filósofo había escrito mucho más, la incuria del tiempo o la mojigatería de los fanáticos religiosos ha hecho que sus libros desaparezcan de la faz de la Tierra. Entre lo poco que queda se encuentra esta carta transcrita por Diógenes Laercio —uno de los más serios simpatizantes del filósofo antiguo—, que estaba dirigida a un tal Meneceo, discípulo suyo.

Epicuro, en la carta, se dirigía a los jóvenes y a los viejos. A los viejos, los animaba a consolarse rememorando las dichas del pasado; a los jóvenes, en cambio, los incitaba a enfrentar con entereza el futuro y a no tener miedo, es decir, sobre todo, a dedicarse a buscar la felicidad sin temor a la muerte. Quizá eso era lo más importante de la carta de Epicuro: que invitaba a no tener miedo, porque casi siempre se piensa que lo peor que nos puede pasar es la muerte, pero el filósofo griego invitaba a pensarla de un modo muy distinto:

> *Acostúmbrate a pensar que la muerte no es nada para nosotros. Porque todo bien y todo mal reside en los sentidos, y la muerte es la privación de todos los sentidos. Por lo tanto, el recto conocimiento de que nada es para nosotros la muerte hace dichosa la condición mortal de nuestra vida, no porque le añada una duración ilimitada, sino porque elimina el ansia de la inmortalidad. Nada hay, pues, temible en el vivir para quien ha comprendido que nada temible hay en el no vivir. Así que el más espantoso de los males, la muerte, nada es para nosotros, puesto que cuando nosotros somos, la muerte no está presente y, cuando la muerte es, ya nosotros no estamos ahí.*

También decía Epicuro que el futuro no es nuestro (pues depende de otros, de azares y fortunas), pero tampoco es completamente ajeno, pues depende también, en parte, de nuestra voluntad para encararlo de uno u otro modo.

Concuerdo con que no debe temerse a la muerte, al menos a la muerte personal. La muerte no es nada mientras no llegue, y yo no seré nada al llegarme la muerte.

El problema que veo en el razonamiento de Epicuro no es el de la propia muerte, sino el de la muerte de los otros, o más concretamente, de las personas amadas.

A mí, por supuesto, me afectaría mucho más la muerte de mi única hija, Daniela, o de mi hijo Simón que mi propia muerte. Y no porque la muerte sea un mal para mi hija, que ya no sentiría nada si estuviera muerta, sino porque la muerte de ella es un mal para mí, pues estaría extrañándola siempre, llorando su ausencia el resto de mis días, deseando morir para dejar de sufrir. Y lo malo es que Epicuro no dice nada que pueda consolarme de una muerte ajena. No, el peor mal no es la propia muerte; el peor mal es la muerte de los seres queridos. Este es el triste pensamiento que me ha obsesionado, no desde la muerte de mi hija, que afortunadamente está viva, sino desde la muerte de Victoria Amélina, la hija de Yuriy Shalamay.

*

A principios de 2023, seis meses antes de mi viaje a Ucrania, Luis van Isschot, profesor de Historia y Asuntos Latinoamericanos de la Universidad de Toronto, me había hecho una invitación para dar algunas charlas sobre literatura y memoria en su *alma mater*. Mi visita estaba planeada para septiembre. La temática de las conferencias no cambió después de la tragedia de Victoria en Kramatorsk, pero sí pudimos incluir una conversación más sobre Ucrania en el marco del TIFA (Toronto International Festival of Authors), evento que se celebraba en el puerto de la ciudad por esas mismas fechas del final del verano.

Yo había sabido, durante el viaje al Donbás, que Victoria había vivido en Toronto durante algún tiempo, años antes. Al parecer su padre había emigrado hacía varios decenios a Canadá, donde se había establecido con su segunda esposa, Natalia, y había tenido un par de hijas más. Victoria visitaba de vez en cuando a esta parte de su familia, incluso durante largas temporadas.

En realidad yo no sabía siquiera cuál era el apellido de soltera de Victoria, pero le escribí al profesor Van Isschot contándole lo anterior, que su padre vivía en Canadá, y muy probablemente en el área de Toronto. Que no sabía cómo se llamaba, pero que quizá él, más recursivo que yo, fuera capaz de encontrarlo, pues a mí me gustaría mucho aprovechar la invitación a la Universidad de Toronto para hablar con él, contarle de nuestro viaje con su hija al Donbás e incluso —sin caer en la tentación de ser patético— de sus últimos momentos. Únicamente con este dato (que el padre de Victoria vivía en su país), Luis fue capaz de dar con el paradero de Yuriy Shalamay, que ahora prefería ser llamado George Shalamay.

¿Cómo lograste saber cómo se llamaba y encontrarlo?, le pregunté a mi amigo Luis. «No fue tan difícil», me contestó. «Escribí un email al PEN Canadá el 31 de agosto de 2023, y luego ellos me pusieron en contacto con el PEN International, en Londres. Es decir, primero hablé con Brendan de Caires, el director ejecutivo de PEN Canadá, y después con Aurélia Dondo, Head of Europe and Central Asia Region del PEN International. Aurélia luego le escribió en privado al padre de Victoria, que aceptó ponerse en contacto conmigo. Aurélia me pasó el email de George. En total, el proceso duró una semana, y George me contestó rápido y muy amablemente». En su mensaje, el padre de Victoria aceptaba reunirse conmigo y, es más, él y su esposa nos invitaban a almorzar (a Luis y a mí) al Hotel Yorkville Royal Sonesta, en el centro de Toronto. Como mi querida amiga y traductora al inglés Anne McLean vive también allí y fue mi guía y lazarilla en la ciudad durante varios días, pedí permiso para que ella también nos acompañara, y el señor Shalamay estuvo de acuerdo.

Me gusta ir con otras personas a los sitios donde me invitan. El motivo no es solo la grata compañía de mis amigos, sino también algo más complejo y egoísta. Al cabo de los meses yo suelo olvidar todo lo que sucede, lo que he hecho, hasta las cosas más intensas que he vivido (quizá sobre todo este tipo de cosas), y así, para poder recordarlas, me valgo *in extremis* de la memoria de mis acompañantes, para poder escribirlo, revivirlo, retener lo que ya, queriendo o sin querer, se me ha olvidado. Fiel a mi debilidad mental, y al no recordar bien este almuerzo con George Shalamay, le pedí a Anne que lo reconstruyera por mí. Esta podría ser el acta de ese encuentro que Anne me envió a vuelta de correo:

Recuerdo que llegamos cinco o diez minutos antes al restaurante vacío. Éramos los únicos clientes. El padre de Victoria y su madrastra hicieron su entrada por el ascensor del garaje, ambos bastante rígidos y formales. Yuriy (George) Shalamay, el padre de Victoria, tenía mucha curiosidad por saber cómo lo habías encontrado y tú reconociste que no era mérito tuyo. Luis explicó entonces que Victoria te había dicho que su padre vivía en Toronto, o cerca de allí, y que luego Lucho lo había rastreado a través del PEN Londres, quienes se habían puesto en contacto con el marido de ella, Alex Amelin, que a su vez les había dado el nombre y el correo del suegro. Creo que fue así.

Tú les dijiste que habías pasado los últimos cuatro días de Victoria con ella, aunque antes no la conocías, y que si ellos querían, les querías contar cómo habían sido, y así fue. Les dijiste más o menos lo que habías dicho unos días antes durante el TIFA, en el escenario de Harbourfront, y mucho de lo que escribiste en el epílogo de su novela, incluido el hecho de que te habías cambiado del asiento donde Victoria estaba sentada, momento en el que Natalie lloró y Yuriy se quedó sentado mirando al vacío con cara de piedra.

También les dijiste algo más íntimo, que Victoria tenía intención de divorciarse, pero no les contaste otras intimidades que nos habías contado en privado a Luis y a mí. No sabían nada sobre los problemas conyugales de ella, pero Natalia dijo que Victoria probablemente había planeado contarles en persona, pues ella, Alex y su hijo tenían programado venir a Ontario en julio. Habían alquilado una cabaña en el condado de Prince Edward y ella ya había comprado una botella de vino blanco para celebrarlo. Dijo que a Victoria le encantaba el vino blanco. También aclaró que habían alquilado esa misma cabaña en veranos anteriores y que ella y Victoria solían quedarse juntas hasta tarde poniéndose al día de sus vidas. Que ellas dos eran muy cercanas.

Yuriy, que insistía en que lo llamáramos George, nos dijo cosas que recordarás mejor que yo, porque yo no he leído la novela de Victoria, y tú sí. Lo que sí recuerdo es que el señor Shalamay dijo que su exesposa, la madre de Victoria, era profesora de Historia y todavía vivía en Lviv, o Leópolis, aunque tal vez haya dicho también que pasaba largas temporadas en Polonia, acompañando a su nieto, desde la invasión rusa.

Y recuerdo que Natalia contó que Alex la había llamado para decirle que Victoria había resultado gravemente herida y que la iban a operar en Dnipró. Esto ocurrió el mismo día en que la segunda de sus hijas, la hermana menor de Victoria, tenía la ceremonia de grado de bachillerato en Mississauga. Por esto ella decidió no contárselo a su marido hasta después de la graduación, por la tarde. Entonces él voló a Polonia de inmediato, o a cualquier lugar de Europa al que pudiera llegar pronto en avión, y cuando estaba en el tren, casi llegando a la ciudad (Dnipró) donde ella estaba en el hospital, recibió una llamada de Alex diciéndole que Victoria había muerto.

Probablemente recordaré otros detalles tan pronto como presione enviar, pero apuesto a que Lucho recuerda más cosas, y seguro algunas diferentes, Anne.

Yo no consigo evocar bien lo que dije ni lo que me dijeron. Creo que al despedirnos George me agradeció por haberle hecho el relato detallado de los últimos días y de los últimos momentos de su hija, por dolorosos que fueran. Para Natalia había sido muy difícil mantener el silencio y aparentar alegría durante el grado de la más joven de sus hijas. Al llegar de regreso a la casa, al fin, se lo había contado a su marido, que de inmediato se había puesto a conseguir un tiquete para viajar a Ucrania lo más pronto posible. También recuerdo haber hablado de *Un hogar para Dom* con el padre y que él, un lector privilegiado de la novela, me contó algunos detalles de lo parecido que era el libro a la realidad de la familia de su primera esposa. El abuelo aviador, la abuela, las tías, incluso el baúl donde el abuelo guardaba el pan seco por si volvían a llegar tiempos de hambruna, invasión y penuria. Los tiempos que, de algún modo, regresaron a Ucrania en 2022.

La correspondencia con el padre de Victoria, que seguimos manteniendo, ha sido en inglés, pero dejo aquí una de las cartas más largas, traducida al español y según la forma en que al señor Shalamay le gusta responder, párrafo por párrafo. Es una buena manera de corresponder:

Queridos Natalie y George:

Hola Héctor, me alegra saber de ti.

Lamento no haber respondido al cálido mensaje de buenos deseos que me enviaron por el Año Nuevo. El primer día de enero de cada año tiene ahora un nuevo significado para mí y pensaré en Victoria por siempre en esa fecha.

No te preocupes, está bien. No dudes en escribirme una o dos líneas cuando lo desees. La agresión rusa afecta a todas las buenas personas de la Tierra, y especialmente a personas como tú, que has estado en Ucrania y has sobrevivido al impacto del misil. Tu estado de ánimo puede cambiar porque lleva tiempo recuperarse. Tómatelo con calma, hombre.

¿Por qué no respondí? No lo sé. Mi experiencia en Ucrania cambió mi vida en muchos sentidos y para mí sigue siendo difícil aceptar el hecho de que sobreviví y Victoria murió. No soy responsable de nada, pero aun así, me siento culpable.

No te sientas culpable. No tiene nada que ver contigo.

Mi hija nació también en 1986, el año de Chernóbil, en mayo, y de alguna manera, Victoria y Daniela, mi querida hija, ahora están juntas en mi mente.

Esto me conmueve profundamente. Gracias. Eres como un hermano. Espero verte pronto en Canadá o quizás algún día vayamos a visitarte en Colombia.

Este febrero, en Colombia, me casé por primera vez en mi vida, a pesar de que tengo sesenta y cinco años. Y tal vez les gustaría saber que ahora mi anillo de bodas —el mismo anillo que usaba mi abuelo materno, Alberto— lleva el nombre de «Victoria», el nombre de mi abuela. Quizás sea una coincidencia, pero fue la única joya que me dejó mi madre cuando murió hace dos años.

¡Felicidades! ¡Esto me hace sentir feliz por ti! El amor puede curar nuestras heridas morales y ayudarnos a recuperarnos. Que Dios te bendiga a ti y a tu matrimonio. Por favor, sé feliz.

Estoy intentando escribir el libro sobre Ucrania y Victoria. Es demasiado difícil y triste para mí, pero debo hacerlo. Escribir es lo único que puedo hacer.

Espero con ansias tu libro sobre Ucrania. Cualquier cosa que hayas escrito en inglés, por favor envíamela...

Hace poco participé en un nuevo homenaje a Victoria en Italia. Fue hermoso y ustedes estuvieron presentes en mis pensamientos. Hay muchas más cosas que me gustaría decirles, pero tengo que enviarles al menos esta pequeña nota, después de tres meses imperdonables de silencio. Créanme que están presentes en mi memoria y en mi corazón.

Gracias.

Todo lo mejor para este año, un año viejo ya, y para todos los que vengan después.

Todo lo mejor para ti también, amigo. ¡Espero verte y celebrar tu matrimonio pronto!

Saludos cordiales,

George Shalamay

P.S. Mi cuenta de Facebook es Yuri Shal: únete a ella y verás cuántos premios ha recibido Victoria después de su muerte. Muchas gracias. Dios te bendiga.

*

La inmortalidad debió de inventársela un padre que perdió a su hijo, me digo. Un pobre hombre loco de tristeza, inconsolable, al fin encuentra un mínimo de paz y de consuelo si se ilusiona con la idea de la supervivencia después de la muerte.

Un dolor insoportable necesita drogas mucho más potentes que la morfina. La droga religiosa, la creencia en el más allá, es más fuerte que cualquier sedante o cualquier alucinógeno. La religión no será el opio de los pueblos, pero sí de los padres; de los padres huérfanos de hijos.

Casi todos los padres que han perdido a sus hijos lo han dicho alguna vez: no hay ni siquiera una palabra que señale su condición, un concepto que la exprese, como si la situación existiera en el mundo de las cosas que pasan, claro está, pero no se la pudiera nombrar, ni comprender, ni pensar con claridad. ¿Por qué no hay en español (ni en ninguna lengua de las que sé o medio sé) una palabra que designe a los padres que pierden a sus hijos? El huérfano es quien ha perdido a sus padres, la viuda quien ha perdido a su marido; hay niños expósitos, padres putativos, hijos adoptados, esposos divorciados, hay nombres para cuñados, yernos, primos, suegros y consuegros, para cualquier posición o situación familiar, pero no se ha inventado la palabra que designe al padre o a la madre que pierde a un hijo, a una hija.

Tengo que ser capaz de encontrar, de inventar una palabra precisa para nombrar la peor tristeza que le puede suceder a un padre (quizá mi mayor terror y pesadilla, una de las pocas tristezas que no he padecido, y la que no quiero padecer jamás, y solo por eso la quisiera nombrar y conjurar y desterrar para siempre de mi vida). Por mucho que lo pienso no la encuentro. Deshijado o deshijada, tal vez, pero ese sonido no se vuelve concepto, no se dibuja con claridad en el entendimiento, y pierdo la paciencia, gruño, porque esa palabra debe ser como un gruñido, o peor, como un grito de dolor, porque los padres que pierden a sus hijos se convierten para siempre en un chillido, en una herida en carne viva que se abre y supura una y otra vez sin llegar a curarse. Para que eso no ocurra, ya que no soy capaz de encontrar ni de inventar la palabra, aúllo. Cuando algo no se puede apresar en el lenguaje, este regresa a la condición primitiva, a los milenios de bruma mental anteriores a la lengua articulada, a la gramática, el léxico y la sintaxis, y no puedo hacer más que aullar de dolor como una bestia recién atropellada por un bólido o destripada a medias por una llanta a toda marcha.

*

Al final de su ensayo «Nunca ha pasado nada malo», uno de los esfuerzos más consistentes de Victoria por explicarnos Ucrania, ella concluye lo siguiente, hablando de su ciudad:

> *Ninguna ciudad está condenada a quedar embrujada para siempre. No rompemos el hechizo cuando desterramos a los fantasmas, sino cuando los invitamos a desayunar. Un verdadero hogar es un lugar donde tienes vecinos a los que conoces por su nombre. Esto incluye a los que fueron asesinados y a los que ayudaron a matarlos, a los que sobrevivieron y a los que arriesgaron la vida de sus familias para rescatar a los perseguidos. Hoy tengo vecinos, tanto vivos como muertos, de los que aprendo, sobre los que escribo y a los que dirijo mis escritos.*
>
> *Mi «vecino» Stanisław Lem, el superviviente del Holocausto, evitó escribir directamente sobre sus recuerdos del genocidio. Como autor de ciencia ficción, escribió sobre la humanidad en su conjunto, nuestra culpa ante los demás y sobre la imposibilidad de tener una segunda oportunidad. Ahora bien, tampoco estoy segura de que cada persona merezca una segunda oportunidad; los crímenes contra la humanidad y los genocidios son precisamente crímenes imperdonables. Pero creo que hay una segunda oportunidad para cada ciudad. Cada ciudad debería tener la oportunidad de volver a ser un hogar: un lugar para las infancias idílicas de las nuevas generaciones, un lugar donde conocemos y honramos a nuestros buenos vecinos de todos los tiempos.*

El relato y las reflexiones que acá escribo, fruto de una obsesión dolorosa y casi insoportable que no me ha abandonado durante más de un año y medio, tienen su origen en un acontecimiento que fue —por muy raro que suene— fortuito y deliberado. Hay asesinatos que son al mismo tiempo azarosos y voluntarios. Victoria lo anticipó en su segunda novela con estas palabras: «Tal vez fueron asesinados por un proyectil que cayó sobre sus cabezas por pura casualidad» (*Un hogar para Dom*, p. 298). Esto puede suceder y ha sucedido muchas veces en esta guerra de exterminio emprendida por Rusia contra Ucrania: por ejemplo al bombardear una estación de trenes, como ocurrió en Kramatorsk en los primeros días de la invasión, cuando familias desesperadas metían a montones de niños en los trenes con el fin de mandarlos a zonas más seguras de Ucrania occidental o de Europa. En ese momento llovieron las bombas sobre ellos y hubo más de ochenta civiles, niños y adultos, asesinados instantáneamente. O por ejemplo al lanzar un misil en esa misma ciudad en la mitad exacta de un restaurante, un lugar público en el que había militares en descanso, sí, pero sobre todo decenas de civiles que conversaban ante una cerveza sin alcohol y una pizza. Es de esta manera como se asesina a personas inocentes deliberadamente, así los caídos y los salvados caigan o se salven por casualidad.

No creo que haya habido un objetivo específico: matar a la escritora Victoria Amélina, por ejemplo; tampoco habrán precisado que era necesario matar a Anna y a Juliya Aksenchenko, las gemelas de catorce años residentes en Kramatorsk, que estaban con su padre comiéndose una pizza como premio por sus buenos resultados en el colegio y nunca regresaron ni a la casa ni a la vida. No quiero ni imaginar lo que será ahora esa casa sin esas niñas, ese padre sin sus hijas, esa madre con el peso de su ausencia. El blanco tampoco habrá sido el soldado estadounidense cuyo nombre reveló *The Wall Street Journal*, Ian Tortorici, un exmarine que peleaba en la Legión Internacional desde el principio de la invasión rusa. Tenía treinta y dos años, muchos de sus compañeros habían muerto ya en batalla, pero él había podido esquivar siempre la muerte. Le habían dado unos días de descanso en Kramatorsk como premio por haber logrado desalojar a un grupo ruso de las trincheras en el frente. «No murió en batalla, pero lo mataron comiendo», dijo su padre desde California. Mucho menos habremos sido nosotros, tres colombianos perdidos en el mapa de Ucrania del este, en la región de Donetsk, Sergio Jaramillo Caro, ex alto comisionado para la Paz, exviceministro de Defensa; Catalina Gómez Ángel, periodista de guerra con más de quince años de experiencia en guerras del Oriente Medio y desde hace meses residente en Kyiv, para reportar sobre la invasión de Rusia desde todos los rincones de este país, y yo, escritor de novelas y periodista ocasional, columnista de opinión durante los últimos veinte años en *El Espectador*.

El 27 de junio de 2023, a las 19:28 minutos, en Kramatorsk, ocurrió un crimen de guerra más de los muchos que Rusia ha cometido en Ucrania, y de los muchos que Victoria Amélina se dedicó a investigar y documentar en el último año y medio de su vida. Este al que me refiero, ella lo vivió en carne propia, y tan radicalmente que ya no lo puede documentar. Cuando morimos, no tenemos una segunda oportunidad. Al casi morir, pero salvarnos, algunos sentimos que, por el azar de haber sobrevivido, se nos ha dado una segunda oportunidad.

Lo que he logrado escribir es, pues, en el fondo, la segunda oportunidad que Victoria no tuvo, pero a la que he querido darle voz, tratando siempre de ser fiel a su figura y a su inspiración. Aquí he intentado ocuparme de un crimen más, quizá no el principal, pero sí uno de los más emblemáticos de la campaña criminal de Rusia contra civiles ucranianos, y especialmente significativo y doloroso para mí porque fui testigo directo del mismo.

*

Me doy cuenta de que mi viaje al Donbás fue un viaje inútil y absurdo, pero de un modo secreto también repleto de sentido y necesario. Necesario, además, no tanto por compasión o amor a los demás, sino por respeto a mí mismo, por no sentirme despreciable al quedarme sentado, mudo y sin hacer nada en contra de lo que me indigna o a favor de lo que es, para todo ser consciente y responsable, obligatorio.

Pero ¿por qué esto a estas alturas de mi vida, si yo he sido, si mucho, alguien que piensa y traduce a la escritura lo que piensa, un lector, un amante de la música, del agua y del campo, si nunca he sido ni un soldado ni un activista, mucho menos un político, si acaso un periodista, por qué justo en este momento salí con estas maromas que ya no tengo ni edad ni fuerza para hacer? Ahí está el misterio, precisamente, ahí está el motivo por el que empecé mi cuaderno negro, con el único propósito de entender lo justo, pero también lo absurdo de mi decisión; yo que no había hecho nada cuando mataron a mi padre, solo salir huyendo; yo que no había sido activista político en mi país, por qué ahora me daba por meterme y ser activista a favor de una nación muy lejana, de un país casi por completo ajeno a mi experiencia y a mi vida.

Hay otra cosa. Ese antiguo, muy antiguo remordimiento por mi cobardía, por no haber sido valiente cuando las circunstancias me lo han exigido, y que se añade, últimamente, a la molesta constatación de la decadencia del cuerpo y el miedo a una vejez enfermiza. Me siento agobiado, perseguido, traicionado por la edad. Me parece que también mi cuerpo es un territorio sitiado o invadido por ese enemigo implacable, el tiempo que pasa.

Me acomodo, cojo el bolígrafo con los tres dedos, rasgo el papel y recuerdo algo que alguna vez había pensado: que casi todos los libros, incluido este que quisiera escribir en mi cuaderno negro, son libros de amor. ¿Cuál es, pues, el amor, el polvo enamorado, las cenizas con sentido y las arenas ardientes de este libro?

*

Victoria, durante el largo recorrido por las amplias estepas orientales, le confesó a Catalina —en un susurro que solo ella oyó, como revelando un secreto con su sonrisa seria y triste— que también iba al este para averiguar algo esencial, algo que todos en la vida hemos querido saber alguna vez: si el amor existe. ¿Habrá podido averiguarlo al fin, con seguridad? No tengo ni idea, pero quisiera saberlo, aunque no pueda, aunque tan solo lo pueda imaginar. Pero esta no es una novela en la que uno puede inventarse lo que falta o lo que no sabe. En esta historia no cabe la ficción, ese artificio humano que pretende completar la realidad, todo aquello que no sabemos sobre la realidad, es decir, casi todo.

*

Toda la vida no he hecho las cosas porque las piense o las calcule, sino por el impulso. A Kyiv fui por el impulso, porque no ir me resultaba vergonzoso, y a Kramatorsk por falta de carácter. De eso me puedo acusar, de insensato y falto de carácter. Y es quizá por esto mismo que escribo, por insensatez y falta de carácter. Por el impulso. Y porque no sé qué más hacer con lo que vivo, salvo escribirlo. Siempre me ha pasado lo mismo: me enloquezco si no cuento lo que vivo. Me enloquezco incluso más mientras lo escribo. Pero solo me llega un poco de serenidad después de haberlo hecho, después de haberlo sacado de mí y haberlo plasmado en una cosa material y objetiva: papel, letras, palabras que pueden ser leídas.

Cada libro es un parto. Y este, así sea un parto peligroso, lo tengo que afrontar tal como es. Una manera de desembarazarme para no morirme yo y darle vida a algo. ¿A qué? Al menos a una memoria un poco más larga y extendida de la valiente Victoria Amélina, mi colega, la persona que se ha vuelto amiga mía después de muerta.

*

Un códice muy viejo, anterior a la imprenta, termina con la nota agradecida del copista que, al llegar al final de la obra y de su cometido, se sentía como un marinero que llega a puerto:

> *Amice qui legis, retro digitis teneas, ne subito litteras deleas, quia ille homo qui nescit scribere nullum se putat habere laborem; quia sicut navigantibus dulcis est portus, ita scriptori novissimus versus. Calamus tribus digitis continetur, totum corpus laborat. Deo gratias. Ego, in Dei nomine, Vuarembertus scripsi. Deo gratias.*

Es decir: «Amigo que lees, mantén los dedos detrás de tu espalda, no sea que por descuido emborrones las letras; porque quien no sabe escribir piensa que esto no es un trabajo. El último renglón del libro es, para el copista, tan amado como el puerto para los marineros. Tres dedos sostienen la pluma, pero todo el cuerpo trabaja. Gracias a Dios. Yo, en nombre de Dios, Varemberto, he escrito. Gracias a Dios».

Mi mala memoria, muchos años después de conocer esa nota, cambió ligeramente el texto, pero no el sentido de la frase principal, y la recordaba así: *Con tres dedos se escribe, pero duele todo el cuerpo*. En español suena más natural el uso de cierto ritmo. En este caso, el del alejandrino, un heptasílabo más un octosílabo. Con tres dedos he escrito. No manches con tus dedos, lector, esto que digo. Mira que todo esto lo he podido escribir solamente con el dolor de mi cuerpo y el terror de mi mente. Con el dolor y la disolución del cuerpo de Victoria, una escritora que ya no pudo terminar personalmente su último libro.

«Si algo me pasa», decía ella, «hagan todo aquello que diga mi marido». Lo dijo siempre, incluso cuando contaba que se estaba separando de él. «Alex es y será siempre mi mejor amigo».

*

Ayúdame a escribir al menos esta página, Victoria, tú que cerraste los ojos frente a mí. Murmúrame en silencio desde tu más allá lo que debo decir, lo que debo callar, lo que no vi o vi mal, todas esas palabras en tu lengua que no supe entender. Sóplame en lo más hondo de mi entendimiento, como en un eco anterior al lenguaje, lo que debo escribir con mis tres dedos. Susurra o insinúa, que soy solo un copista de todo aquello que ibas a decir y no alcanzaste, porque el tiempo, el hado, el enemigo o el azar fueron injustos contigo.

*

Unas semanas después de haber vuelto de Ucrania, me vi con Sergio y Catalina en Bruselas, para un homenaje público que se le hizo a Victoria en la sede de la Unión Europea. Allí les pedí perdón por haberme ido del sitio del atentado, en lugar de quedarme con ellos, como ellos, socorriendo a Victoria, en aquel momento. Subrayé que había sido un acto de egoísmo y cobardía que lamento, aunque ya está hecho y no pueda cambiarlo. Catalina intentó tranquilizarme diciendo que, según las instrucciones de seguridad que ella ha recibido como reportera de guerra, yo hice lo correcto, es decir, lo que el protocolo sugiere que se debe hacer en situaciones así: alejarse del sitio. Pero yo no lo hice pensando en ninguna instrucción; lo hice solamente porque el miedo me decía que debía alejarme del peligro cuanto antes. Me porté, sí, como una bestia asustada, pero no con el sentido del deber y de la justicia que todos ellos mostraron. Los tres, Catalina, Dima y Sergio, se portaron con Victoria no como yo, que me escapé espantado, sino como el buen samaritano que se detiene a ayudar a alguien caído.

Es verdad que después fuimos los cuatro juntos al hospital, no tanto por las heridas nuestras, que eran leves o inexistentes, sino para averiguar cómo seguía Victoria, y qué había sido de ella en la sala de reanimación o en el quirófano. Pero a ese hospital, una vez más, yo no fui por mi propia voluntad, sino porque me dejé arrastrar por la voluntad y el valor de Dima, Sergio y Catalina.

Esto para mí, lo repito, es la constatación de mi cobardía y de mi miseria. Es una confirmación vergonzosa que no confieso para que se me perdone, sino para que se tenga en cuenta contra mí cuando se haga, si alguien lo hace, cualquier juicio sobre el comportamiento de nosotros como grupo de cinco personas, en un momento culminante, en el momento de la verdad, cuando uno, como dice Borges, sabe al fin lo que es. Yo fui el único del grupo que no se quedó ahí para socorrer a la compañera herida.

No escribo este libro, pues, para sentirme valiente, ni mucho menos para ponerme la hipócrita máscara del buen ciudadano que expone su vida por una causa justa. Lo escribo para confirmar mi cobardía.

Es verdad que si el segundo misil (cuya explosión yo oí nítidamente mientras me alejaba de la pizzería) hubiera dado en el blanco y no en una granja vacía a pocos cientos de metros de distancia, es probable que todos mis compañeros, menos yo, hubieran muerto, pero quizá lo verdaderamente digno y lo más humano hubiera sido perecer con ellos siendo solidario, en lugar de salvarme portándome como una gallina.

El mismo día que redacto lo anterior, más de un año después de los hechos narrados, en una conferencia del biólogo Carlos López-Otín en la Universidad Nebrija de Madrid, este cita una frase de Orwell que es el comentario más preciso a lo que acabo de escribir: «Lo importante no es mantenerse vivo, sino mantenerse humano». Estoy de acuerdo.

Ahora bien, si sigo vivo, quizá por precavido o por cobarde, lo único humano que puedo hacer aún es por lo menos escribir lo que he sido y lo que sigo siendo. En el capítulo 22 de *El olvido que seremos* cuento el episodio en el que, siendo un niño, no me tiro al agua a salvar a mi hermana menor que se estaba ahogando. Yo acababa de aprender a nadar en la piscina del Hotel Caribe, y todavía recuerdo muy bien a mi profesor, casi lo puedo ver, el Negro Torres, un hombre espigado, fibroso, que grita, regaña y se ríe al mismo tiempo. Es muy misterioso que con mi mala memoria pervivan unos cuantos recuerdos tan nítidos, el cuerpo del Negro Torres, su voz, sus instrucciones claras, su autoridad, su risa. Yo era apenas un niño de ocho años que sabía nadar porque el Negro Torres me había enseñado. Pero la vida me puso una prueba.

Durante un paseo familiar a una isla, mi hermana menor Sol y yo decidimos ir a jugar en el muelle de tablas que se adentra en el mar en busca de aguas más hondas donde se pueda atracar. Saltamos del muelle a la lancha y de la lancha al muelle. Un pequeño salto, fácil, pero poco a poco las amarras de la lancha se van alargando sin templarse aún. Cada salto se hace un poco más largo y más arriesgado, pero seguimos saltando, retándonos. Ya cuando la amarra se tensa al fin, Sol salta desde el muelle y no alcanza a poner pie en el estribo de la lancha, cae al agua. Veo a mi hermana caer, hundirse en el agua, y me quedo mirando. Mudo, paralizado, lleno de miedo. Sol se hunde y saca la cabeza brevemente, aterrorizada, tan solo para hundirse otra vez. Se ven las burbujas del aire que mi hermana lucha por retener bajo el agua. Yo sé que mi hermana pequeña no sabe nadar, pues todavía no la han llevado a las clases del Negro Torres. Por eso mismo sé que se está ahogando. Yo, que soy mayor que ella, sé nadar y sé que me debo arrojar al agua y alzarla, acompañarla, salvarla, pero me quedo quieto mirando, no lo hago.

Es mi primer destino, pienso, ser un cobarde, no haber sido capaz de correr el pequeño riesgo de tirarme a salvar a Sol, a pesar de quererla tanto. Mi papá me dijo una sola frase, esa tarde, me dijo una simple frase, formulada tal vez en forma de pregunta, pero dicha en tono de afirmación, de sentencia: «Por qué no hiciste nada». Ese fue el único reproche, si puede llamarse reproche, que me hizo.

Al final de ese capítulo donde narro estos hechos reconozco lo siguiente: «Aunque mi hermana no se ahogó, a mí me quedó para siempre la honda sensación, la horrible desconfianza de que tal vez, si la vida me pone en una circunstancia donde yo deba demostrar lo que soy, seré un cobarde».

Creo que fui a Ucrania, y luego al Donbás, para tratar de demostrar, y sobre todo para intentar demostrarme, que no era un cobarde. Y ya en el corazón del Donetsk y de las tinieblas, en Kramatorsk, la vida me volvió a enseñar lo que soy, lo que no puedo dejar de ser, y lo que no me perdono.

*

Se me van los días en silencio, con el cuaderno negro siempre cerrado que parece con sus pastas herméticas hacerme un reclamo. Me siento incapaz de seguir la tarea que me he propuesto. Me contento pensando que tal vez es necesario dejar que el tiempo haga su trabajo de colar lo innecesario para dejar pasar solamente lo fundamental.

¿Y si el olvido, en vez de deshacerse de lo inútil, de lo sucio o accesorio, se apropia, en cambio, de lo más importante?

No quiero escribir para sentirme inocente ni quiero escribir para sentirme culpable.

Al tiempo que me obligo a pensar en todo aquello, sin embargo, me parece que el humo, la polvareda, la oscuridad, las explosiones, la falta de aire, todo esto junto, ese batiburrillo de miedos y recuerdos, pierden consistencia, que todo queda envuelto en un velo de confusión, en una niebla de angustia que se va opacando con el horror de la muerte.

Cuanto más intento meterme dentro de la realidad de la experiencia, más irreal me parece esta. Cierro los párpados con toda la fuerza de los ojos, y veo las sucesivas situaciones de lo ocurrido como si las estuvieran proyectando en una pantalla en 3D, pero los efectos cinematográficos parecen borrar las imágenes de la experiencia real. Me molesta ver mi vida convertida en una película mental, en un sucedáneo mental de la realidad.

Busco que las palabras se conviertan en cosas más reales que mi intento de reconstruir, y luego de borrar, la «realidad» en mi memoria. La experiencia, el duplicado de ella que es la memoria, necesariamente imperfecta e incompleta, y luego su traducción a las palabras, que están cargadas de historia y por eso mismo no dicen lo que uno quiere, sino lo que a ellas les da la gana. No, no consigo traducir todo aquello a las palabras. Las palabras no huelen; las palabras no duelen; la escritura no grita; las lágrimas de páginas no lloran, y aunque las hojas tiemblen, tiemblan de otra manera.

Al mismo tiempo pienso que quizá no hay nada más real que las sensaciones y los pensamientos que ahora tengo. Después de regresar de ese viaje, en mi cabeza se ha instalado la obsesión permanente, no tanto por esas escenas vividas, sino por algo abstracto e inexistente, por la muerte, y por motivos y cadenas de razonamientos que intentan explicar por qué yo no he muerto, por qué en la misma situación extrema algunos mueren y otros no. Algunos salen heridos y otros incólumes, indemnes, intactos. ¿Cuál de esas tres palabras describe mejor el hecho de que yo, el más viejo de todos, hubiera salido con apenas un rasguño del infierno?

*

¿Sanarme yo? Tal vez, pero ¿qué importancia tiene que yo me sane? Lo que importa es que Ucrania haga fracasar esta invasión, que Rusia pierda la guerra y tenga que pagar por el dolor y la destrucción que ha infligido a todo un pueblo, a toda una generación de ucranianos que lo único que querían era escoger libremente su destino, sus ganas de pertenecer a una u a otra visión del mundo, a un estilo tiránico de vida o a uno distinto, nuevo y libre. Por qué es un escándalo que Ucrania quiera pertenecer a una tradición que también le pertenece y a la que debió haber permanecido unida después de las tragedias de los últimos siglos: la tradición democrática y liberal de Europa occidental, de los países nórdicos, que son en última instancia el origen de eso que los rusos llaman con orgullo Rus, como si esos Rus fueran rusos y no nórdicos, que es lo que son de verdad, si es que pretendemos ir en serio a los orígenes históricos, étnicos, genéticos si quieren.

Pero insisto, aunque esto me sane de mi miedo y mi trauma, no es eso lo que importa ni esa es mi intención con este escrito. Yo soy un experto en olvidos, y también este pequeño horror padecido lo podría olvidar. Lo que escribo es, en cambio, un homenaje a los ucranianos que han perdido la vida luchando por ser libres y por ser ellos mismos, sin que una potencia imperial les diga cómo deben ser y a qué tradición histórica, religiosa o política deben pertenecer. Es un homenaje a Victoria y a todos aquellos que han perdido la vida defendiendo su derecho a ser libres y a ser ellos mismos.

*

Como estuve bebiéndome sus palabras una tras otra después de lo que pasó, creo que ahora, si Victoria siguiera estando aquí, la llamaría Vika.

En el último momento que la vi, apoyada hacia atrás en el sofá de tela blanca, más frágil que nunca, como una porcelana delicadísima a punto de romperse, estaba más pálida aún de lo que era, blanca como este papel en el que apoyo mi mano para escribir. Cuando se la llevaron, cubierta por su espalda y por su ropa negra, en el respaldo de ese sofá se vio la sangre que yo no había visto, que no vi con mis ojos y que solamente algunas fotos y videos me mostraron después.

Ahora que pienso en ella y escribo esto preferiría no apretar el bolígrafo con los tres dedos ni apoyar casi la punta sobre el papel, como si se pudiera escribir dibujando con tinta palabras en el aire y que estas fueran cayendo sobre la hoja como una lluvia mansa, para no ir a romper este papel que en este instante para mí se confunde con la piel de ella, frágil, sutil, sin defensas y fácilmente acribillada por sus asesinos, sus enemigos, nuestros enemigos.

Ahora que han pasado días, semanas, meses, ya más de año y medio desde que la vi por última vez, me obligo a pensar en ella, en sus ensayos y en sus libros, para no dejar que mi mente se defienda, como siempre, olvidando. Cada vez que la recuerdo, además de su voz, lo otro que se me viene a la mente es esa sábana limpia, tersa, del color de su piel, su palidez en vida, su palidez aún más profunda cuando la hirieron.

Lo que yo alcancé a percibir en ese momento, creo, antes de que sobreviniera el miedo que reemplaza al sobresalto, fue una sensación de serena sorpresa: ¡ah, conque esto era morir!

*

Escribir sobre una guerra, así sea sobre una guerra lejana y ajena; escribir sobre la muerte y el dolor, así sea una muerte ajena y un dolor que no puedo compartir en las mismas dimensiones que ellos; escribir después de haber estado más cerca que nunca de la muerte (y sin siquiera merecer por algún acto altruista o heroico esa muerte)... todo esto hace que la redacción de este mismo párrafo sea más difícil. Como decía Victoria, la realidad de la guerra «devorando la puntuación / devorando la coherencia de la trama / devorando». Podría intentar escribir sin estas riendas de la gramática la coherencia la puntuación la sintaxis sin todo esto que he cultivado e intentado mantener y respetar siempre que he escrito para facilitar la comprensión a quien me esté leyendo para facilitar mi comprensión mientras escribo (escribir es una herramienta para entender el mundo para entender el pensamiento para entender lo que pasa alrededor e intentar explicarlo aclararlo mostrarlo con palabras) y acabo de violar mi propósito al usar dos paréntesis y al usar seguramente un punto al final de este párrafo pues todos ellos son ya signos de puntuación signos de un pensamiento adicional que no se ajusta al hilo del discurso y mientras pienso en esto siento caer de nuevo sobre mí lo que fuera que cayó sobre nosotros esa explosión sin nombre absurda como saliendo de la nada y del centro de la Tierra y ese trozo de metralla de hierro de vidrio de aluminio de lo que fuera que penetró la piel la carne el cráneo de Victoria y desconfiguró el orden de sus neuronas las inundó de sangre al romperlas destrozarlas desgarrarlas tanto que ya no pudieron seguir manteniéndola con vida siento que todo me saldría mejor si pudiera de verdad hacer todo este libro así sin ataduras de nada ni del pensamiento ni de la coherencia ni de estilo o claridad o buen juicio si me pudiera desatar y decir solamente lo que me viene a la cabeza al intentar desenredar este enredo en el que he quedado tal vez para siempre después de todo esto en esta confusión en esta incapacidad de concentrarme de buscar la belleza o explicar la tristeza de leer lo que debo leer de escribir lo que debo escribir de informarme en los textos que más me pueden ayudar a entender ese país lejano imposible de conocer en tres o cuatro días de viaje entre sirenas de ataque aéreo entre autopistas salpicadas de casas escuelas hospitales puentes teatros edificios casas destruidas entre tanques y carros y camiones calcinados al borde del camino, entre heridos que pasan sangrando por los corredores de los hospitales en camillas que corren entre alaridos incomprensibles para mí a buscar algo que les salve la vida entre lágrimas y caras de terror entre explosiones de tristeza y de ira sin poder imaginar el mayor horror que debe haber un poco más allá apenas veinte kilómetros más allá donde están disparando y recibiendo disparos lanzando municiones de morteros de fusiles de cañones de drones de misiles de no sé qué más cosas para matar y que nos maten para no ceder ni un centímetro de tierra para apoderarse centímetro a centímetro de una tierra que el maldito Putin se obstina en sostener que no es de Ucrania sino suya suya suya.

Epílogo

Es necesario hacer una distinción entre el mal en abstracto, impersonal (terremotos, epidemias, meteoritos, tsunamis), y el mal concreto, personificado en algún individuo que tiene, a una breve orden de distancia, un poder de exterminio de dimensiones colosales, masivas y telúricas. Cuando Putin amenaza con una hecatombe nuclear sabemos que, al mismo tiempo, farolea y habla en serio, y que para el comienzo del apocalipsis bastaría un siseo de sus labios serpentinos.

El problema de la existencia del mal en el mundo es tan complejo como antiguo. Desde el muy pío Libro de Job, en el Antiguo Testamento, e incluso antes, siempre ha sido un misterio que haya tantas enfermedades, accidentes, epidemias, cataclismos, guerras y catástrofes en la Tierra que habitamos. Si las desgracias se ensañaran con personas malas o éticamente despreciables, el mal podría interpretarse como justicia divina; pero que los males se ensañen también con personas que son un ejemplo de bondad y buen comportamiento produce una especie de estupor universal. ¿De qué nos sirve ser buenos si la naturaleza, o Dios, no discriminan entre buenos y malos? Y ¿qué importa ser malos si a veces los malos (los que nos engañan, nos roban, nos esclavizan, nos humillan, nos usan y abusan o nos exterminan) son quienes corren con mejor suerte y llevan las de ganar?

Para las religiones dualistas o politeístas resulta más sencillo explicar el problema del mal: hay luchas entre dioses buenos y dioses malos, hay simpatías y desacuerdos entre deidades que combaten entre ellas para favorecer a un individuo o a un pueblo en vez de a otro. En una teogonía de dioses benévolos enfrentados a dioses diabólicos, los conflictos y las desgracias terrenales se corresponden, especularmente, con una lucha ultraterrena entre deidades antagónicas.

Si dos ejércitos que se enfrentan les piden a sus respectivos dioses la victoria, cada uno por su lado, puede pensarse que este puñado de dioses es más poderoso que el otro; pero si le ruegan al mismo y único Dios existente de cualquier ortodoxia monoteísta, es posible interpretar que uno de los ejércitos hizo más grandes sacrificios o rezó más fervorosamente, o que Dios es justo y favorece siempre al partido de la justicia. Una antigua copla española contradice este aserto con risueña ironía:

Vinieron los sarracenos
y nos molieron a palos,
que Dios ayuda a los malos
cuando son más que los buenos.

Las guerras no las ganan siempre los justos o quienes tienen razón, sino los que disponen de un ejército mayor y de armas más potentes, aunque esto no impide que los bandos enfrentados invoquen la ayuda o la protección de sus respectivos santos o deidades. Y por mucho que uno sostenga que no hay potencias sobrenaturales que intervengan o que ayuden a nadie, no dudo de que quienes creen fervientemente en este soporte sobrenatural puedan luchar con más confianza y ahínco, y quizá este triunfo de la ilusión, de la fantasía, les convenga para postergar la derrota, para resistir aunque no haya esperanza, e incluso para alcanzar milagrosamente la victoria.

En todo caso, si existe un único Dios y este es todopoderoso, infinitamente bueno, y además ama a los seres humanos, ¿por qué hay tanto sufrimiento en la Tierra? ¿Cómo compaginar las bondades de la creación y de la providencia con la muerte de tantos inocentes? La alegría de quienes ganan una batalla se basa en la aniquilación (es decir, en la desgracia) de sus oponentes. Y si Dios es Dios para todos, ¿cómo se explica que el alborozo de unos sea la pena de los otros? Según la respuesta que demos a estas preguntas tendremos una visión del mundo optimista, pesimista o trágica.

Un terremoto en Lima, en Santiago o en México podría servir como ejemplo para meditar en el problema del mal. Así lo hizo Voltaire en su «Poema sobre el desastre de Lisboa», y también en su inigualable y maravilloso *Cándido*. Si uno considera que la naturaleza no es buena ni mala, sino indiferente (que al cosmos le tiene sin cuidado el bienestar de las personas), conviene concentrarse en los terremotos: no tienen ningún origen humano conocido, no son ocasionados por la tala de árboles, ni por las emisiones de CO_2; nada tienen que ver con que hayamos exterminado a los mamuts, ni con los pecados de gula o de lujuria de los seres humanos. Si mucho, un roussoniano podría decir que los terremotos dejan muchas víctimas porque en vez de vivir en estado de naturaleza, construimos edificios y ciudades que nos caen encima y nos matan durante los temblores, los cuales, en cambio, no nos harían daño si viviéramos a la intemperie, en genuina e inocente convivencia con el mundo, que es lo adecuado y lo más natural.

Si en cambio nos concentráramos en los huracanes y en las inundaciones, que no dejan de crecer, o en la falta de lluvia y en los ingentes incendios forestales, ahí sí sería más fácil echarnos a nosotros mismos la culpa.

A nuestra mente curiosa le gusta tratar de saber no solo cuál es la causa de las cosas, sino también si esas causas tienen o no un culpable humano, son producto de un acto deliberado y voluntario, de una insensatez colectiva incontenible (el consumismo, el carbón, la deforestación, la gasolina, los capitalistas, los tibios o los socialistas) que ha desencadenado el mal. Si el mundo está bien, si el cosmos obedece ordenadamente a ciertas leyes, y si Dios es sabio y bueno, la culpa será siempre de los malvados, idiotas e imperfectos hombres. Si a la naturaleza la tienen sin cuidado los seres humanos, si el universo no tiene fines ni propósitos, y si Dios o no existe o no le importamos, entonces nada es culpa de la humanidad en abstracto, sino de la malevolencia de algunos individuos o grupos humanos concretos, o de la ciega casualidad de una naturaleza indiferente a toda dicha y a toda pena.

El mal que intento describir en este libro, insisto, no es una cosa anónima y abstracta. Esto no nos lo enseña solo la experiencia, sino que lo sabemos desde la infancia: más que maldad, hay malos. El mal, dice Vasili Grossman, «es una persona con un rostro y un nombre». Esta guerra de Rusia para negar la existencia de Ucrania y borrarla del mapa en pleno siglo XXI, esta invasión imperial con su consiguiente exterminio de las mejores mentes de la última generación de ucranianos, no ha sido provocada por el mal impersonal. Si todas las víctimas deben tener un rostro y un nombre, también el verdugo que ha provocado su muerte los debe tener, y en este caso los tiene: se llama Vladímir Putin.

Soy de los que creen, como Primo Levi, que el Holocausto no fue una idea ni un plan del pueblo alemán (sin negar su simpatía o su indolencia ante el nazismo), sino de Hitler. Hay personas que consiguen, con un uso coherente de la propaganda, el miedo, la violencia y la mentira, que su propia voluntad se convierta en la obediencia voluntaria de casi todo un pueblo. No hubo un determinismo histórico que condujera de manera ineluctable de la crisis de los años treinta al nazismo. Stalin no fue una consecuencia natural de la Revolución de Octubre, y el estalinismo se construyó, como el nazismo, mediante la desinformación, el miedo, la violencia y la mentira. Sin Hitler no hubieran existido los campos de exterminio, la solución final, las cámaras de gas. Sin Stalin no habría tenido lugar la hambruna de Ucrania, las purgas paranoicas de cualquier disenso ni los gulags. También creo que la actual devastación de Ucrania (no solo de las personas sino de los edificios, el medio ambiente, las ciudades, la infraestructura de agua o electricidad) se debe a la obsesión, la codicia, la violencia y la mentira de un solo hombre apoyado por la sumisión y la obediencia de su círculo íntimo.

Tengo amigos a los que quiero y respeto que me dicen que soy un ingenuo. Que buena parte de la culpa de esta invasión la tienen Occidente y la astucia y ambición del mundo capitalista, que sedujo a Ucrania con sus abalorios y su consumismo, provocando a un tipo al que no se debía provocar, Putin, por ser este un ruso resentido, calculador, violento y susceptible, además de un patriota fervoroso, enamorado del alma y de la tierra rusas. Estos argumentos no solo no me convencen, sino que me ofenden. Occidente, con todos sus defectos, no es un espejismo de la libertad: la experiencia de la Unión Europea como un espacio de convivencia pacífica en libertad y autonomía individuales no es una mentira: es quizá el logro menos imperfecto alcanzado en toda la historia por la democracia y por cualquier sistema político. Esto no significa que carezca de defectos o de injusticias; no creo que los seres humanos, con todas nuestras cualidades y todos nuestros fallos, seamos capaces de construir el paraíso en la Tierra. Quiere decir, simplemente, que es lo menos malo que ha conseguido hacer hasta ahora la humanidad en términos de cultura y civilización, y después de muchas invasiones y guerras absurdas, además de las conquistas infames y el colonialismo cometidos por esa misma Europa en el pasado.

A cualquier persona más o menos enterada de cómo va el mundo ¿no le parece bastante sensato que un país prefiera adherir a la Unión Europea y no a la Federación Rusa? No es casual que muchos otros pueblos y naciones, además de Ucrania, prefieran acercarse y parecerse a Europa occidental que a Rusia. Tampoco es un accidente que los fugitivos sirios, iraníes, africanos, latinoamericanos, afganos, ucranianos prefieran colarse, pedir asilo o refugiarse en Europa que en la Federación Rusa. La gente no es del todo ciega, tonta y sumisa, y percibe muy bien dónde hay más oportunidades, más garantías sociales y más libertad. Hay muchos gregarios, es verdad (y sobre todo entre los rusos, cuyo pueblo no ha probado jamás en su historia un solo decenio de libertad), y también gente que prefiere resignarse y entregarse a una tiranía que los libra de pensar y los obliga a actuar de cierta manera uniforme, sin la responsabilidad de tener que pensar y decidir por sí mismos. Pero cuando los humanos más lúcidos perciben las ventajas de una vida libre, educada, en la que nuestras capacidades y talentos se pueden desarrollar y expresar, vamos a preferir siempre los lugares donde esto ocurre. Enseñar y predicar la libertad de expresión, de pensamiento, de movimiento, la libertad sexual o religiosa, no es provocar a un déspota que niega todo lo anterior, pero sí es mostrarles a los sometidos y a los sumisos que otra vida, libre, existe y no es imposible de alcanzar.

Claro, también en las democracias occidentales hay facciones racistas y antidemocráticas que anhelan el retorno de las tiranías fascistas o comunistas, o mejor, como ellos lo sueñan o presentan, la sed por el regreso de los grandes líderes providenciales que todo lo ajustan y componen con su omnipotente sabiduría, sin los titubeos, los acuerdos y las innumerables rencillas de la democracia. Es posible que en las zonas más oscuras del corazón humano haya cierta añoranza servil y gregaria que prefiere entregar las riendas de la vida, de la libertad, a un padre idealizado, a un gran héroe que piensa y lucha por nosotros, que nos defiende, nos guía y nos da seguridad. Un padre implacable que nos libra del peso de la libertad, del peso de pensar, decidir y actuar de acuerdo con una ética al mismo tiempo humana, colectiva e individual.

El germen de este anhelo autoritario se extiende hoy en el mundo como una nueva pandemia. La tiranía de los más fuertes ha sido la norma en la historia y probablemente también en la prehistoria. Medidos en tiempos históricos, los intentos verdaderamente libres y democráticos, por exitosos que hayan resultado, han sido también muy breves. Por su misma esencia de acuerdos y de pactos, por la tolerancia que este sistema debe conceder a los intolerantes, la democracia es frágil. La fragilidad es al mismo tiempo su virtud y su defecto. Una democracia férrea o feroz es un oxímoron.

Esta historia personal busca inocular al menos un pequeño anticuerpo contra esta antigua sed humana que tiende a preferir la fuerza y el mando de un hombre fuerte, de un tirano, en lugar del difícil, pero no imposible, acuerdo entre los muchos que pensamos distinto.

*

Nunca acabó de gustarme que las últimas palabras de Victoria hubieran sido *Don't worry, it looks like apple juice*. Es verdad que lo más probable es que lo último que uno diga en la vida sea una banalidad (la vida suele ser más banal que poética), y sin embargo hay muchas maneras, más hermosas, de dejar un último mensaje, incluso sin palabras, o con palabras ajenas. Terminar la vida con una broma no está mal, pero me parece más hermoso terminarla con una obra de arte. Poco antes de ponerle punto final a este libro, encontré esas palabras (o mejor, esa imagen construida con palabras) en la voz de una amiga de Victoria, Carolyn Guile, al final del poema «Panel», que escribió en su honor:

Your lifeblood on a white couch
an unfinished passage of marked objection —
they rushed to you, the soldier,
a medic cradled your head

revealing your last words, those
bold and terrible brushstrokes
you were forced to make.

[Tu sangre viva sobre el sofá blanco
las líneas inconclusas de una gran objeción…
Corrieron hacia ti, el soldado,
un médico acunó tu cabeza
revelando tus últimas palabras,
esas pinceladas audaces y terribles
que a la fuerza trazaste].

Aquí hay una verdad: los poetas encuentran la verdad y la saben expresar. Las últimas palabras de Victoria fueron los terribles brochazos trazados con su propia sangre viva todavía, sus últimas huellas en el lienzo involuntario de ese sofá blanco donde perdió para siempre su preciosa conciencia. Esa conciencia que hoy, más que nunca, nos hace tanta falta.

Apéndice

Lista de fallecidos en la pizzería de Kramatorsk

Los que encontraron la muerte en Ria Pizza fueron trece. No puedo no pensar en que la gente tiene la superstición de asociar siempre ese número con lo fatídico o con la mala suerte, al menos cuando se comparte una mesa de despedida, como en la última cena.

Siete de los trece muertos, es decir, más de la mitad, eran empleados del restaurante. Esto se explica porque el misil cayó encima de la cocina, y muy cerca del baño y del bar.

Empleados:

1. Katerina Andriychuk, 18 años, cocinera.
2. Zoryana Bashkeieva, 24 años, camarera (y si no estoy mal, por la edad debió ser ella quien había atendido otras veces a Dima.
3. Yevhenia Holovchenko, 17 años, especialista en sushi.
4. Mykyta Dolgopol, 24 años, jefe de cocina.
5. Roman Zakharov, 20 años, camarero (Dima recuerda que esta vez nos atendió un hombre; debió de ser este muchacho).
6. Valeria Simonnick, 17 años, especialista en sushi.
7. Artur Titoruk, 28 años, administrador (este nos recibió en el restaurante y tuvo la idea salvadora de asignarnos una mesa en la terraza y no dentro del restaurante, donde ocurrieron todas las muertes y todos los heridos graves, menos una persona, la única fallecida afuera, Victoria).

Visitantes de la pizzería:

8. Juliya Aksenschenko, 14 años, estudiante.
9. Hanna Aksenschenko, 14 años, estudiante.
10. Victoria Amélina, 37 años, escritora.
11. Artur Orlovsky, 30 años, empresario.
12. Artem Sukhovi, 22 años, paramédico de combate.
13. Ian Tortorici, 23 años, voluntario de la Legión Internacional.

Agradecimientos

Este libro no habría sido posible sin la ayuda directa o indirecta de muchas personas. Quisiera empezar con la presencia viva de Victoria Amélina en el comienzo de esta historia, y luego con su presencia ausente, a través de sus libros, poemas y conferencias, que han sido una inspiración constante para mí después de su trágica muerte.

A su lado debo mencionar a mis queridos amigos y compañeros de viaje a Ucrania, Sergio Jaramillo, Catalina Gómez, Maryna Marchuk y Dima Kovalchuk. Mi otra editora en Ucrania, Anabell Sotelo Ramires, y su compañero Alex Borovenskiy, del English Theatre de Kyiv, fueron también fundamentales en mi proceso de comprensión del país del que me he enamorado para poder escribir este testimonio. En el mismo sentido debo mencionar a Askold Melnyczuk, editor de Arrowsmith Press, y gran conocedor de la obra de Victoria y de la historia de Ucrania y de su literatura. José Manuel Cajigas, editor en español de Victoria, también fue alguien fundamental para mi comprensión de su obra.

Por distintos motivos, hubo muchas otras personas que me ayudaron en el proceso de escritura. A veces, no siempre, en el mismo libro se entiende por qué están aquí. Otros, aunque no estén mencionados en el texto, saben muy bien por qué están aquí. Son estas: María Paula Apolinar, Natalia Arboleda, Juan Luis Arsuaga, Albert Bensoussan, Javier Cercas, Francesco Chiamulera, Gonzalo Córdoba, Alonso Cueto, Humberto de la Calle, Luis de Vega, Marcela Durán, Rebeca Dyner, Joaquín Elguero, Sebastián Estrada, Mauricio García Villegas, Joaquín

González Ibáñez, Yaryna Grusha, Carolyn Guile, Cristina Huete, Gabriel Iriarte, Anna Korbut, Borja Lasheras, Carlos Lugo, José Manuel Martín Morán, Anne McLean, Arnold Noorduijn, Oleksandr Pronkevich, Tulio Rabinovich, Pilar Reyes, Ana María Romero, Francisco Samper, George Shalamay, Ricardo Silva Romero, Anastasia Taylor-Lind, Fernando Trueba, Luis van Isschot y Volodímir Yermolenko.

Si no fuera por el ánimo que me dio en todo momento, y por el delicado trabajo de edición de Carolina López, este libro no existiría. Alexandra Pareja y Carolina Reoyo jugaron un papel muy parecido. Son ellas tres las verdaderas artífices que enderezaron y compusieron un borrador a veces inconexo y desvertebrado.

Este libro se terminó
de imprimir en
Móstoles, Madrid,
en el mes de
junio de 2025